Katharina Tannhäuser
Die Schuhe der Schneiderin
Die Laura-Trilogie
Buch Eins: Lust

AF280984

Die Autorin

Katharina Tannhäuser heißt in Wirklichkeit zwar anders, lebt aber in der Realität mit einem treuen Ehemann, zwei immer noch launischen, aber inzwischen sehr großen Kindern, Erst- und Zweithund sowie einem über alles wachenden Kater am grünen Rand einer großen Kleinstadt in Süddeutschland. »Ich schreibe Bücher«, so sagt die als echtes Nordlicht geborene Hausfrau, Mutter und ein Leben lang Werktätige über sich selbst, »seitdem ich Buchstaben malen kann.«

»Die Schuhe der Schneiderin« ist ihr erster Roman und bildet als Buch Eins (»Lust«) den Auftakt ihrer Laura-Trilogie, den sie als Katharina Tannhäuser veröffentlicht.

Folgen Sie Katharina Tannhäuser und ihren Protagonistinnen auch auf Instagram und TikTok

Katharina Tannhäuser

Die Schuhe der Schneiderin

Roman

Bibliografische Information der Deutschen Nationalbibliothek:
Die Deutsche Nationalbibliothek verzeichnet diese
Publikation in der Deutschen Nationalbibliografie;
detaillierte bibliografische Daten sind im Internet
über http://dnb.dnb.de abrufbar.

Covergestaltung: KaT PR mit Canva Magic Studio
unter Verwendung eines Fotos von Denis83 (Getty Images)

Herstellung und Verlag: BoD – Books on Demand,
Norderstedt

ISBN: 978-3-7583-1556-5

*Für meine Muse, die mich seit drei Jahrzehnten
auf so herrlich dumme Gedanken bringt.*

*Ohne sie wäre jede Seite
in diesem Buch unbeschrieben.*

EINS

Die antike Türklingel bimmelt leise, als ich den kleinen Laden betrete. »Bin gleich da«, höre ich von hinten die Stimme meiner Schneiderin.

Wie immer sehe ich mich angeregt in dem engen, aber doch liebevoll eingerichteten Raum um und lasse meine Hände über einige von Natalias neuesten Entwürfen gleiten, die fein aufgereiht an einer Kleiderstange direkt neben dem Eingang hängen.

Ich mag ihren Stil, aber vieles – um nicht zu sagen: eigentlich alles – ist dann doch so verwegen und provokant gestaltet, dass ich bislang noch nie den Anlass, geschweige denn den Mut gefunden habe, mich für etwas Selbstkreiertes von ihr zu entscheiden.

Nachdenklich streicht mein Finger über die akkurat gesteppte Naht eines eleganten, aber extrem tief ausgeschnittenen Abendkleides, das eine Frau in meinem Alter in feiner Gesellschaft eigentlich nicht mehr tragen sollte.

Ohne dass es peinlich wirken würde. Also muss es wohl weiterhin bei den kleinen Reparaturen bleiben, die sie aber ebenfalls sehr akkurat und obendrein äußerst pünktlich und schnell ausführt.

Mit Natalias mondänem Partydress im Blick beginnen aber meine Gedanken ganz plötzlich zu fliegen. Wie das wohl wäre: wieder jung sein, sich treiben lassen und es genauso wild treiben. Sich hemmungslos gehen lassen und heute nicht wissen, was morgen ist. Resigniert lasse ich das einmalige Einzelstück wie auch meinen genauso kurzen wie schrillen Tagtraum mit einem kleinen Seufzer hinter mir und stehe ein paar Schritte weiter wieder voll und ganz in der Realität meines derzeitigen Lebens.

Da liegt sie, die abgewetzte und bereits ziemlich zerlebte Lieblingshose meines Sohnes, bei der wieder der Reißverschluss gerichtet werden musste – koste es, was es wolle. Weil er von ihr einfach nicht lassen kann. Sie ist eben unverzichtbarer Bestandteil seines jungen und ungezügelten Lebens, sein »Must-have«, wenn es auf die Partymeile geht.

Und die Mama wird's doch schon richten!

Klar richtet die Mama das und will bereits das Zeugnis seiner lebenslustigen Jugend aus dem Regal nehmen, als ihr Blick auf einem Paar sehr extravaganter High Heels mit extrem gewagtem Absatz hängenbleibt, die direkt daneben wie ein Pokal ausgestellt sind.

Sofort denke ich wieder an das Abendkleid, kann den glänzenden Stoff schon fast auf meiner Haut spüren und schlüpfe im Geiste in genau diese Schuhe, um mich dann vor meinem Schlafzimmerspiegel zu drehen. Ach was, um mich irgendwo auf einer angesagten Tanzfläche zu drehen, mit dröhnend lauter Musik im Ohr und genießen, dass alle Blicke an der Bar auf mich gerichtet sind.

»Ein schönes Paar!«

Natalias dunkle Stimme hinter mir reißt mich aus meinem Gedankenspiel.

»Die hat mir vor langem eine Kundin gebracht, um die kleine Macke an der Schnalle richten zu lassen.«

Ungefragt schiebt sie gleich die Erklärung hinterher. »Sie hat sie aber nie wieder abgeholt. Ist doch eigentlich schade, oder?«

»Ja«, sage ich, »die sind wirklich einmalig schön.« Und höre mich – wie so häufig – im Sinne einer inzwischen sehr zweckmäßig konditionierten Hausfrau und Mutter pragmatisch urteilen: »Die sehen wirklich noch aus wie neu. So etwas Schönes lässt man doch nicht einfach stehen. Unfassbar!«

Schon halte ich das linke Exemplar in der Hand und begutachte es kritisch von allen Seiten.

Das Fußbett ist tatsächlich makellos, die Sohle ohne Laufspur, rot schimmert die Prägung »Made in Italy« und der Name des Herstellers. Natürlich sind es keine Louboutins, um Gottes Willen. Das wäre tatsächlich ein Frevel, die einfach so bei jemandem in Vergessenheit geraten zu lassen.

Natalia beobachtet meinen prüfenden Blick. »Ich glaube nicht, dass die jemals draußen waren.«

Sie zwinkert mir verschwörerisch zu: »Vielleicht wurden sie auch nur im Schlafzimmer ausprobiert, Sie wissen schon.« Verlegen wende ich den Blick ab und stelle den Schuh schnell, als hätte sie mich bei dem von ihr ausgesprochenen und doch sehr anzüglichen Gedanken ertappt, zurück ins Regal.

»Aber Ihnen würden sie echt gutstehen, wollen Sie nicht einfach mal reinschlüpfen?«, bohrt Natalia beharrlich nach und taxiert meine schon etwas sehr ausgelatschten Boots, die ich bei diesen schnellen Einkaufsrunden durch die Stadt bevorzuge.

Der Pragmatismus überwiegt inzwischen auch bei meiner übrigen Garderobe: zwar noch einigermaßen schick, vor allem aber bequem und ohne Firlefanz.

So nüchtern, nein, eigentlich traurig lässt sich inzwischen meine Devise, wenn es um die alltägliche Klamottenauswahl geht, beschreiben. Und dabei ist mein Kleiderschrank doch immer noch mit etlichen, wirklich ansehnlichen Teilen beachtlich gefüllt!

»Die Größe müsste Ihnen tatsächlich passen«, beurteilt mein Gegenüber bereits mit geübtem Blick und bleibt hartnäckig am Ball.

Ich zögere noch immer. Eigentlich wollte ich doch nur die Hose holen und schnell weiter, die vielen kleinen Dinge erledigen, die noch auf meiner Liste stehen. Und außerdem, wann sollte ich so etwas überhaupt tragen? Im Schlafzimmer?

Ach Gott, die Zeiten sind doch lange vorbei, seufze ich resigniert in mich hinein. Andererseits, einmal anprobieren, einfach nur so, nicht nur in Gedanken, wo ich sie eigentlich schon an meinen Füßen gespürt, ja sogar in ihnen getanzt habe?

»Warum nicht!«, höre ich mich plötzlich sagen und bin, selbst als meine Worte schon längst verklungen sind, noch perplex ob meines Einlenkens.

Ganz im Gegensatz zu Natalia, die meine Entscheidung lediglich mit einem knappen »Gut so!« kommentiert. Als hätte sie tatsächlich nichts anderes erwartet. Mit einem Griff hat sie die Pumps bereits aus dem Regalfach herausgenommen.

»Kommen Sie bitte?«

Mit einem hintergründigen Lächeln bedeutet sie mir, ihr zu folgen, bis wir vor ihrer Kollektion am Eingang plötzlich stehenbleiben.

»Wissen Sie was, Frau Hermes«, höre ich sie sagen, während sie, anscheinend eine bestimmte Sache suchend, die Kleiderbügel auf der Stange mit dem Zeigefinger routiniert durchsortiert, »wenn, dann machen wir es jetzt auch mal richtig! Jedes Mal schauen Sie wehmütig durch diesen Ständer, heute werden Sie etwas aus meiner Kollektion anziehen müssen!«

Mit der freien Hand hat sie bereits ein wunderschönes Partykleid herausgezogen. »Das hier ist genau das Richtige, was Sie unbedingt zu diesen Schuhen tragen müssen. Basta!« Zweifelnd schaue ich Natalia in die Augen, als sie sich mit einem schwarzen Kleid und den roten Heels provokant vor mir aufgebaut hat.

»Meinen Sie etwa«, frage ich verdattert, »ich soll mich jetzt komplett umziehen? So ein Aufwand? Nur um mal die Schuhe anzuprobieren? Nein, das geht jetzt etwas zu weit!« Unbeeindruckt von der kleinen Protestnote in meiner Frage hängt sie mir aber bereits ihre Kreation über den Arm.

»Ja«, sagt sie, »probieren Sie es einfach mal zusammen an. Ich glaube, es wird Ihnen einmalig stehen. Und Sie werden begeistert sein!«

»Ich weiß jetzt wirklich nicht, ob ich Ihnen nicht doch zu viel Zeit stehle!«, wage ich eine weitere Ausflucht.

»Nachher passt es ja gar nicht und außerdem werde ich doch weder das Kleid noch diese Schuhe mitnehmen. Die ohnehin jemand anderem gehören. Nein, ganz bestimmt nicht!«

»Das wollen wir doch erst mal sehen«, entgegnet Natalia unbeeindruckt, während mir auffällt, dass der weiche Akzent ihrer Muttersprache, der ihrer schönen Stimme diese angenehm warme Melodie verleiht, eine bestimmende Härte bekommt.

»Brak obalenie! Wie sagt man: Keine Widerrede!« Um aber gleich darauf wieder deutlich milder fortzufahren: »Außerdem sind Sie eine so treue und liebe Kundin, für die ich mir immer alle Zeit der Welt nehmen würde.«

Mit sanftem Druck schiebt sie mich bereits quer durch ihre kleine Schneiderei.

»Kommen Sie, Sie können sich ganz in Ruhe hinten bei mir umziehen. Keine Sorge, da sind Sie vollkommen ungestört, versprochen!«

Schon hat sie mich in einen winzigen, aber gemütlich eingerichteten Nebenraum geführt, der mit einem breiten Vorhang vom Atelier abgetrennt ist.

Irgendwie ganz und gar Natalia, denke ich, während meine Augen durch das Zimmer wandern.

»Verzeihen Sie die Unordnung«, wirft diese sogleich entschuldigend ein, »eigentlich war ich heute so gar nicht auf Besuch eingerichtet. Und schon gar nicht darauf, dass eine so liebe und geschätzte Kundin mein schreckliches Chaos hier sieht. Was mögen Sie jetzt nur von mir denken! Kann das Mädchen denn keine Ordnung halten?«

Lachend höre ich über ihre sympathischen Ausflüchte hinweg.

»Mich stört hier gar nichts, ganz im Gegenteil!«

Meine Hand streicht über das fein gemaserte Holz der Arbeitsplatte einer winzigen Küchenzeile. Auf einem kleinen Gasbrenner steht noch ein klein wenig Wärme ausstrahlender und von jahrelanger Hitzezufuhr ziemlich blau verfärbter Teekessel. Direkt daneben leuchtet ein buntes Sammelsurium an Teebeuteln unterschiedlichster Geschmacksrichtungen durch den Glasdeckel einer großen, quadratischen Holzschatulle.

Auf einem runden Bistrotisch in der Zimmerecke türmen sich zerlesene Modezeitschriften aus aller Welt, aus denen unzählige Post-its ragen.

Unmengen von Skizzen, auf denen sie mit schwungvollen Bleistiftstrichen anscheinend ihre nächsten Ideen und neuesten Entwürfe zu Papier gebracht hat, verteilen sich kreuz und quer auf dem Tisch, aber auch auf dem knarzenden Dielenboden und den zwei, mit kleinen

Kissen gemütlich ausgepolsterten Chippendale-Stühlen. Das hier, denke ich angeregt, ist also Natalias kleines Prêt-à-Porter-Reich.

Kein großartiges Loft in Paris oder New York mit Blick aus der weißderwievielten Etage. Dafür ein schmales, aber hoch bis zur Decke ragendes Fenster in einen kleinen, grün zugewachsenen Innenhof.

Und zum Beflügeln ihrer Kreativität lieber ein frisch aufgebrühter Chai-Latte-Tee aus dem Henkelbecher anstelle eines prickelnden Moët & Chandon aus der Champagnerschale: So muss Natalia wohl am liebsten ihre unfassbar schönen Werke kreieren.

Die Stirnseite des Zimmers nimmt ein riesiges, sonnendurchflutetes Poster mit dem Panorama einer historischen Altstadtansicht ein, das den Aufdruck »Wroclaw 2001« trägt. Wieder beginnen meine Gedanken zu fliegen. Ob sie in dem Jahr ihre Heimat verlassen hat? Aber da war sie doch bestimmt noch ein Schulkind!

Ist sie zusammen mit den Eltern in unser Land gekommen? Oder hat nur die Mutter sie mitgenommen, nachdem der Vater zuvor durchgebrannt war?

Natalia reißt mich aus meinem mütterlich besorgten, allerdings auch ziemlich wirren Kopfkino.

»Legen Sie Ihre Sachen einfach hier ab, ich bin gleich wieder da.«

Schon ist sie durch den Vorhang nach vorne verschwunden, und ich höre, wie sie leise summend ein paar Schubladen aufzieht.

Nun doch wieder zweifelnd über meine just getroffene Entscheidung, aber auch unsicher über das, was wohl als Nächstes passieren mag, betrachte ich mich ratlos in dem riesigen, bodentiefen Spiegel, der neben dem Durchgang zum Laden hängt.

So gar nicht zurechtgemacht, hier doch wirklich nur kurz reingesprungen, um die Hose meines Sohnes zu holen, dann die Liste von Rossmann und Edeka im Geiste abarbeitend und noch das Rezept meines Mannes im Kopf, welches dringend aus der Apotheke abgeholt werden muss.

Puh!

Fast überkommt mich Hektik, als mir zugleich bewusst wird, dass eigentlich auch bald die Tochter aus der Schule kommt, nicht nur über die Lehrer, sondern auch über die leeren Töpfe jammern wird. Es ist doch noch so viel zu tun an diesem Tag!

Ungeachtet dessen steckt Natalia aber schon wieder fröhlich ihren Kopf durch den Vorhang. »Ich hätte noch etwas, das es wirklich perfekt macht. Schauen Sie mal!« Sie wedelt mit einer Verpackung vor meinem Spiegelbild. »Die bitte unbedingt dazu anziehen!«

Konsterniert, aber zugleich überrumpelt von ihrer forschen Art nehme ich ihr das schmale Kuvert aus der Hand, auf dem zwei makellose Beine in zugegeben sehr schicken Strümpfen aufgedruckt sind.

»Natalia, wirklich, ich bitte Sie!«, setze ich widerstrebend an, doch schon werde ich resolut von ihr unterbrochen. »Frau Hermes, bitte glauben Sie Ihrer guten

Modefee, Sie werden wirklich überrascht sein. Und«, setzt sie spitzbübisch grinsend hinterher, »Sie werden es absolut genießen, wollen wir wetten?«

Ich spüre ihren Blick fest auf mir ruhen. Meine Augen wandern von dem Bild auf der Verpackung zu meinem Spiegelbild und schließlich zu Natalia, die, beide Arme vor der Brust verschränkt, im Durchgang stehengeblieben ist.

»Keine Angst, die Gardine ist blickdicht«, schiebt sie mit einem leichten Kopfnicken in Richtung Fenster hinterher und lächelt mich forsch an. »Nun aber, husch, husch! Ich erwarte Sie umgezogen vorne im Laden!« Dem Ganzen noch etwas Nachdruck verleihend schiebt sie fordernd ihr Kinn nach oben, bevor sie mir einer schnellen Drehung durch den Vorhang entschwindet.

Erneut schaue ich tief in die Augen meines Spiegelbildes und atme noch tiefer durch. Okay, rede ich mir selbst etwas Mut zu, wage ich es doch einfach!

Was habe ich jetzt noch zu verlieren, außer ein paar der üblichen, giftigen Bemerkungen über den zu spät aufgefüllten Kühlschrank und die leeren wie kalten Herdplatten zu kassieren.

♣

Schon ein bisschen verrückt, schießt es mir in heißen Wogen durch den Kopf, als ich mich mitten in Natalias Teeküche mehr oder minder nackt ausziehe. Jeder Quadratzentimeter meines Körpers ist plötzlich von prickelnder

Gänsehaut überzogen. Kritisch streichen meine Hände über meine Beine. Nicht wirklich glatt, aber Gott sei Dank auch noch nicht stoppelig, obwohl seit der letzten Rasur schon weit mehr als eine Woche vergangen ist.

Aber hätte ich denn überhaupt ahnen können, was mir heute widerfährt? Vorsichtig nehme ich den ultradünnen, seidig schimmernden Stoff aus der Packung, streife ihn über meinen rechten Fuß und rolle ihn behutsam nach oben, bevor ich die Prozedur am anderen Bein wiederhole. Jetzt nur keine Laufmasche einfangen!

Wow, denke ich insgeheim, als ich mich prüfend im Spiegel betrachten kann.

Sorgfältig richte ich den fein verzierten Rand der halterlosen Strümpfe auf meinen Oberschenkeln aus. Ein angenehmer Schauer durchfährt mich. Wie lange habe ich mir so etwas Schönes nicht mehr gegönnt!

Und obwohl ich auch gerade meine nicht besonders aufregend gestylte Alltagswäsche trage: Das, was mir hier so unverhofft widerfährt, tut gerade wirklich gut.

Dann schlüpfe ich in das Kleid.

Als ich in den feinen Strümpfen vorsichtig auf Zehenspitzen zurück in Laden gehe, merke ich, dass der seitliche Schlitz von Natalias Kleid tatsächlich extrem gewagt ist und bei jedem Schritt sehr, sehr viel, nein, eigentlich alles freigibt. Hoffentlich kommt jetzt kein anderer Kunde rein! Natalia hebt anerkennend ihre Augenbrauen und lächelt zufrieden. »Perfekt, Frau Hermes, ich habe es doch gewusst: Das steht Ihnen wirklich einmalig!

Als ob ich es von Anfang an nur für Sie gemacht hätte! Kommen Sie?«

Schon hat sie die Schneiderpuppe vom Ankleidepodest gehoben und klopft mit ihrer Hand auf die stoffbezogenen Stufen. »Hopp, hopp, die Dame! Jetzt noch die Schuhe und dann begutachten wir alles zusammen.«

Ich höre ihre Worte nur ganz weit aus der Ferne zu mir dringen. Wie in Trance schaue ich zunächst sehr, sehr lange in Natalias dunkle Augen, bevor meine Augen gebannt ihrem schwarzen Schopf mit hochgesteckten Haaren folgen, der direkt vor mir auf Tauchstation geht.

Sofort beginnt sie, die aufwändig gestickte Ferse der Nylons mit kleinen Zupfern exakt auszurichten, bevor ihre langen Fingernägel die dünne Naht korrigierend über meine Waden bis hoch zu meinen Oberschenkeln streichen.

»Sind wir hier etwa kitzelig?«, gluckst ihre schöne Stimme lachend, als ich bei ihren sanften Berührungen meiner Kniekehlen immer wieder leicht zurückzucke.

»Schon ein wenig«, murmle ich verlegen und muss mir sofort wieder auf die Lippen beißen, als ich ihr zusehe, wie sie meinen linken Fuß in die Hand nimmt, um mir den ersten Schuh überzustreifen.

Er passt perfekt!

Eigentlich kitschig, das ist ja fast wie im Märchen bei Aschenputtel, schießt es mir sogleich aber auch sehr hitzig durch den Kopf. Doch schon folgt die andächtige Prozedur auf der rechten Seite, bis ich schließlich um ganze zwölf Zentimeter erhaben auf dem kleinen Podest mitten in der winzigen Schneiderei stehe. Genussvoll schließe ich die Augen.

Was für ein unfassbar schöner Moment!

Natalia scheint von meiner plötzlich aufwallenden Gefühlswelt, die mich über vier Jahrzehnte zurück mitten in meine längst vergessene und vor allem schon lange vergangene Barbie-Welt katapultiert, nichts wahrzunehmen. Routiniert streicht sie mit festen Handbewegungen über meinen Po und zieht dabei den Schlitz des Kleides, der fast über die Hüfte hinaus reicht, in die richtige Position. »Einmal drehen, bitte!«

Ich spüre, wie mich ihre Hände auf meiner Taille liegend zum riesigen Spiegel gegenüber des Ankleidepodestes dirigieren.

»Fühlt sich das alles nicht herrlich an?«

Meine Stimme zittert leicht, als ich versuche, möglichst beiläufig ein »Ja, tatsächlich!« herauszupressen, während ich mich endlich von Kopf bis Fuß selbst betrachten kann.

Mein Alltag, die Hose, die Liste mit den vielen, kleinen Besorgungen: Alles ist plötzlich weg, ganz weit weg.

Meine Augen wandern im Spiegel zu Natalia, die mich stolz auf ihr gerade vollendetes Werk zufrieden anlächelt. »Wir sollten ein Foto machen. Sie sehen einfach atemberaubend aus!« Ich schlucke. »Ich weiß nicht«, entgegne ich sofort wieder gehemmt: »Warum denn? Wofür denn? Und für wen denn überhaupt?«

»Nun kommen Sie schon«, setzt die Schneiderin beharrlich nach, »und wenn es halt nur für Sie ist, damit Sie es auf Ihrem Handy haben. Oder damit Sie es Ihrer besten Freundin schicken können. Sie müssen sich doch einmal so zeigen!«

Ich zögere kurz, bevor ich ihr wirklich mein Smartphone reiche. Warum nicht, spreche ich mir ein wenig Mut zu, um mich daraufhin etwas unbeholfen in Pose zu stellen. Bein und Schulter raus, Kopf leicht nach unten: Ich denke an die stets aufgedrehten Amateurmodels in den dämlichen Fernsehshows und daran, dass ich mich jetzt wahrscheinlich genauso dämlich anstelle.

Natalia beachtet mein ungelenkes Gehampel erst gar nicht, sondern hat bereits abgedrückt.

»Das sieht doch schon recht gut aus!«, konstatiert sie trocken und hält mir die auf dem Display leuchtende Aufnahme direkt unter die Nase.

Ich spüre, wie mich dieselbe Erregung wie zuvor beim Betrachten meines Spiegelbildes erfasst. »Ja«, sage ich und bin über meine rau und seltsam belegte Stimme verwundert, »das sieht wirklich gut aus!«

»Jetzt aber bitte noch ein bisschen gewagter, meine Liebe, denn dafür habe ich dieses Kleid doch extra gemacht!« Konsterniert schaue ich Natalia an: »Wie..., gewagter?«

»Warten Sie«, entgegnet diese unbeeindruckt meiner Komplexe und durchstöbert bereits das Regal hinter ihrem Rücken. Aufmunternd drückt sie mir kurz darauf einen großen Hut mit breiter Krempe in die Hand.

»Spielen Sie einfach ein wenig mit dem hier, das hilft bei den Posen ungemein, glauben Sie mir!«

Irritiert drehe ich den Hut langsam in meinen Händen und denke unweigerlich an die sexy Posen der damals noch jungen und knackigen Kim Basinger in »Neuneinhalb Wochen«.

Mein Gott, wie verstaubt dieser einstige Skandal doch inzwischen ist!

Und bestimmt sehe ich auf solchen Fotos doch genauso verstaubt und altbacken aus!

Muss man das alles heutzutage nicht besser einer jungen und knackigen Dakota Johnson in »Fifty Shades of Grey« überlassen? Und auf keinen Fall einer angehenden Fünfzigerin, bei der die Lieblingsfriseurin bereits die erste graue Strähne übertönen musste? Doch dann – und ehrlich, ich weiß bis heute nicht warum – gebe ich mir einen Ruck!

»Meinen Sie so?« Keck setze ich den Hut auf und schaue mit erstaunter Mimik über meine Schulter.

»Endlich, genauso ist es richtig«, grinst Natalia fröhlich, und drückt wieder auf den Auslöser.

»Oder so?« Schon habe ich meine Beine frivol über Kreuz gestellt, während ich den Hut tief in die Stirn ziehe und dazu einen provokant herausfordernden Blick aufsetze.

»Noch besser«, lacht Natalia auf und schießt bereits die nächsten Bilder. »Und wie wäre es so?« Langsam schiebe ich den Hut von meinem Kopf und lasse ihn provozierend durch meine Finger gleiten, während ich einen Schmollmund nach dem anderen aufsetze. »Frau Hermes, das ist fantastisch! So, als hätten Sie nie etwas anderes gemacht!«, strahlt mich Natalia nach einer Weile und vielen Klicks auf der kleinen Handykamera zufrieden an.

»Danke schön«, murmle ich leicht errötend. »Ich glaube aber, dass es vor allem Ihr Kleid so fantastisch macht.«

»Das glaube ich nicht«, erwidert Natalia, »was meinen Sie, wie langweilig es immer aussieht, wenn ich meine Kleider der alten Schneiderpuppe überstreife. Das ist nicht besonders sexy. Sie dagegen... Wie sagt man so schön: Kleider machen Leute! Aber ich sage, dass erst die richtigen Leute meine Kleider perfekt machen.«

Wieder schaut sie mich herausfordernd an. »Wir könnten es natürlich vollkommen rund machen!«

Ich blicke erstaunt zurück. »Was meinen Sie, was heißt denn jetzt vollkommen rund?«

»Also, das jetzt bitte nicht falsch verstehen, Frau Hermes, es ist Ihr Slip, nun, der stört schon etwas, finden Sie nicht auch?«

Entgeistert starre ich Natalia an, bevor ich irritiert an mir selbst herunterblicke. Wie ein fein ziseliertes Ornament hebt sich der verschnörkelte Rand des halterlosen Nylonstrumpfes unter dem Schlitz auf meinem rechten Oberschenkel ab, darüber folgt nackte Haut. Tatsächlich bis hierhin nicht schlecht, wenn da nun zum Schluss nicht noch das nicht gerade spitzenbesetzte Höschen mit bravem Blümchenmuster deutlich herausstechen würde.

»Dazu müsste man halt etwas anderes tragen«, sage ich verlegen.

»Oder gar nichts!«, entgegnet Natalia frech. »Würden Sie es denn unten ohne wagen? Nur fürs Foto natürlich«, schiebt sie hastig hinterher. Nun werde ich aber schlagartig knallrot. »Mein Gott, wirklich, Natalia, ich bitte Sie, muss das sein! Echt jetzt?«

»Es ist ja nur fürs Foto und wenn Sie sich geschickt bewegen, wird man auch nichts sehen können«, setzt Natalia keck und herausfordernd nach. »Und außerdem, wir sind ja ganz unter uns!«

Nachdenklich schaue ich ihr eine ganze Weile in die Augen, bevor ich mit einem tiefen Atemzug mein Höschen abstreife.

»Nur fürs Foto!«, sage ich bestimmt.

»Nur fürs Foto!«, lächelt Natalia versonnen und zieht noch einmal den Saum des Kleides glatt, so dass sich nicht eine störende Wulst auf meinem Po abzeichnet.

»Ja«, bekräftigt sie leise, »genau so soll es sein! Nun ist es wirklich perfekt!«

»Ja, das ist es«, murmle ich und bin immer noch verblüfft über das, worauf ich mich gerade eingelassen habe.

»Bereit?«, fragt Natalia und hält mein Handy wie eine Profifotografin im Anschlag. »Bereit!«, sage ich wieder wie in Trance und stelle mich erneut in Pose.

Erst die leise bimmelnde Glocke der Ladentür holt mich nach einer kleinen Ewigkeit und vielen Klicks wieder zurück in die Gegenwart. Verwirrt sehe ich einer resoluten Seniorin mitten ins Gesicht, die mich nicht minder erstaunt, aber auch sehr missfällig mustert.

»Oh, hallo Frau Schäfer, ich bin gleich bei Ihnen. Aber sagen Sie, finden Sie dieses Kleid nicht auch einmalig schön? Wäre das nicht etwas für Sie?« Mit ihrer entwaffnenden Fröhlichkeit versucht Natalia, die angespannte Situation sofort zu entschärfen.

»Ich hatte gerade mein neuestes Werk fertig geschneidert und meine liebe Freundin war so freundlich, es geschwind für mich anzuprobieren.«

»Wie Sie meinen«, näselt Frau Schäfer mit deutlich unterkühltem Ton in Natalias Richtung.

Viel interessanter findet sie es dagegen, mir mit Argusaugen zuzusehen, wie ich leicht verschwitzt und noch sehr außer Atem vom Ankleidepodest steige, dabei krampfhaft versuche, den verräterischen Blick unters Kleid bestmöglich zu verdecken.

»Da liegt noch ein Höschen auf der Ankleidepuppe!«, tönt es plötzlich keifend in meinem Rücken, als ich bereits auf dem Weg in Richtung Vorhang bin. Das war genau eine Bemerkung zu viel.

Abrupt drehe ich mich mit einer gekonnten Drehung auf Natalias Heels um hundertachtzig Grad und lasse dabei ganz bewusst den Schlitz des Kleides sehr weit aufklaffen. »Das ist wohl meiner – wie Sie gerade sicherlich gut genug sehen konnten!«, kontere ich sie selbstbewusst aus. Schon habe ich den Schlüpfer mit zwei Fingern gegriffen und lasse ihn provokant vor ihrer Nase durch die Luft wedeln.

Jetzt ist es an mir, sie mit einem spöttischen Blick zu belegen, während sie mit offenem Mund und großen Augen noch immer auf meinen längst wieder züchtig bedeckten Schoß starrt.

»Aber dennoch, Danke für Ihre Aufmerksamkeit, Frau Schäfer!«, flöte ich ihr in einem gekünstelt freundlichen Ton über die Schulter zu, bevor ich dann doch mit leicht geröteten Wangen ins Hinterzimmer flüchte.

Kurze Zeit später stehe ich wieder in meiner legeren Alltagsklamotte im Laden, stelle die wunderbaren Schuhe auf den Tresen, lege die sorgfältig gefalteten Strümpfe dazu und hänge das Kleid zurück an die Stange:

»Ich hoffe, dass Ihnen jetzt keine gute Kundin verloren gegangen ist!«

Irritiert schaut mich Natalia an, während sie sich weiter durch die Bilder scrollt. »Frau Schäfer? Um Gottes Willen, bei der friert doch die Hölle zu, wenn sie nur das Wort sexy auf einer Litfaßsäule liest. Stellen Sie sich mal vor, was passieren würde, wenn sie das hier auf einem Plakat sehen würde!«

Sie hat bei einer Aufnahme gestoppt, die mich schräg von hinten zeigt, ein Bein frech angewinkelt, während der Schuh provokant von der Ferse klappt und der Schlitz des Kleides so weit offensteht, dass noch sehr viel mehr als nur der Abschluss der halterlosen Nylons zu sehen ist. Dazu Augen, die unter der breiten Hutkrempe sehr forsch und fordernd in die Kamera blicken.

In diesem Moment spüre ich, dass mich die Erregung tatsächlich noch immer voll im Griff hat. Mein Gott, wie recht sie doch hat, wie sexy ich doch immer noch aussehe!

»Was wollen Sie jetzt mit den Aufnahmen machen?«, höre ich Natalia fragen, während ich ihr mein Handy aus der Hand nehme, um mich selbst durch die Bilderserie zu wischen.

»Auf keinen Fall ist das etwas für die Litfaßsäule«, konstatiere ich entschlossen. »Die darf allerhöchstens mein Mann zu Gesicht bekommen!«

Und denke eigentlich viel mehr daran, wie viele Monate seit unserem letzten Sex vergangen sind, der sich zudem mehr nach ehelicher Pflichterfüllung denn echter Leidenschaft angefühlt hat.

Vielleicht kann uns das einen neuen Kick bescheren?

Ohne den Gedanken laut ausgesprochen zu haben, scheint Natalia einen ähnlichen zu hegen. »Warum nicht? Das sollte ihn doch bestimmt auf ein paar dumme Gedanken bringen!«

Ich spüre, wie mir erneut eine leichte Röte ins Gesicht steigt.

Spreche ich gerade ernsthaft mit einer mir fremden Frau, die eigentlich meine Tochter sein könnte, über mein inzwischen sehr überschaubares Liebesleben? »Ja, nein,« stottere ich, »ich meine nur, dass die Aufnahmen schon sehr pikant sind. Also meine Kinder sollten ihre Mutter doch eher nicht so zu Gesicht bekommen.«

Natalia lehnt sich auf die Ladentheke und stützt ihren Kopf in beide Hände. »Mmhh, ich stelle es mir schon sehr reizvoll vor, wenn ich plötzlich so ein Foto von meiner Partnerin zu Gesicht bekäme.«

Verträumt schaut sie mir in die Augen.

Verlegen wende ich den Blick ab und scrolle mich nochmals durch die vielen Fotos, bis ich wieder bei der Pin-up-Pose hängenbleibe. »Das hier?«, frage ich.

»Unbedingt!«, bekräftigt Natalia fröhlich. »Das ist so was von sexy! Schicken Sie es ihm!«

Ich kann mich noch immer nicht recht überwinden. »Ich weiß nicht. Und überhaupt: Was soll ich eigentlich dazu schreiben?«

»Dass Sie endlich das passende Outfit gefunden haben, wenn er Sie das nächste Mal groß ausführt. Oder noch besser: Dass er Sie groß ausführt, weil Sie jetzt das passende Outfit dazu gefunden haben. So ist es doch auch«, wischt Natalia meine Unentschlossenheit mit einer weit ausholenden Armbewegung zugleich auch sehr bildhaft von ihrer Ladentheke.

Ich denke darüber nach, wann er mich überhaupt das letzte Mal so groß ausgeführt hat, so dass ich tatsächlich die Gelegenheit hatte, mich so schick in Schale zu werfen.

Immerhin hatte er vor kurzem angedeutet, dass seine Firma endlich wieder die große Kundengala veranstalten will. Das wäre tatsächlich die Gelegenheit, als seine

Begleiterin mal wieder voll aufzutrumpfen, wobei Natalias Kleid natürlich eine kleine Provokation wäre. Allein mit diesem Schlitz und dazu in diesen High Heels, mit diesen Wahnsinns-Absätzen!

Ich höre meinen Mann bereits im Hausflur sagen: »Laura, ernsthaft, findest du nicht…« Wobei er aber später seine Blicke nicht von den Kolleginnen lassen würde, deren Röcke umso kürzer und Absätze umso höher sind.

Und ich soll sein zwar attraktives, immer noch gut gehaltenes, aber dennoch braves und maximal dezent aufgetakeltes Weibchen spielen?

Interessiert schaut Natalia zu, wie ich genau das Foto auswähle und die Nachricht an ihn verfasse: »War schon mal für die Firmengala shoppen. Gefällt's?«

»Dann brauchen Sie jetzt aber auch genau dieses Outfit«, lächelt Natalia zufrieden, deutet auf die Kleiderstange und schiebt die Nylons und High Heels über den Tresen wieder in meine Richtung.

»Allerdings würde ich es anders als üblich berechnen. Was halten Sie davon, wenn ich die Fotos von unserem Shooting für meine Kollektion auf Instagram verwenden darf? Keine Sorge, ich schneide sie so zurecht, dass Sie auf keinen Fall zu erkennen sind. Ist das ein Deal?«

Ich zögere, denn da waren schon ein paar sehr pikante Aufnahmen dabei.

Mein Telefon gibt ein leises Pling von sich und ich sehe als Antwort meines Mannes ein Emoji, das erschrocken die Augen aufreißt, gefolgt von vielen Fragezeichen. »Ja, das wäre unser Deal«, stoße ich nun grimmig aus, wütend über seine dämliche Reaktion, markiere, ohne noch einmal genau hinzuschauen, alle Aufnahmen des heutigen Tages, suche nach der Schneiderin Natalia in meinen Kontakten und drücke schließlich auf Senden.

Z W E I

Nachdenklich schaue ich auf Natalias Kleid, das ich an die offene Schranktür gehängt habe. Es war sehr spät, als mein Mann gestern nach Hause gekommen ist.

So spät, dass ich schon längst auf dem Sofa vor dem Fernseher eingeschlafen war.

»Was machst du denn noch hier unten? Kommst du mit ins Bett? Brauchen die Kinder noch was für morgen früh? Ich muss morgen sehr zeitig raus! Ach so, was war denn das überhaupt für ein komisches Bild?«

Schlaftrunken versuche ich die vielen Fragen zu sortieren.

»Ja, gleich, okay, ach so, so früh, ja, hat die Schneiderin gemacht, wollte nur wissen, ob dir das Kleid gefällt, warte nicht auf mich, komme gleich nach.« So in etwa müssen wohl meine Antworten gewesen sein, bevor ich dann doch wieder, fest in meine Lieblingsdecke gekuschelt, eingeschlafen bin. Erst durch das laute Schlagen der Haustür schrecke ich hoch und sehe noch durch das Fenster meine Tochter in Richtung Bushaltestelle verschwinden. Draußen ist schon heller Tag. »Hallo! Hallo?« Keine Antwort. Ich streife durch das leere Haus. Sind tatsächlich alle schon ausgeflogen? Ja.

Im Schlafzimmer fällt mein Blick wieder auf das Kleid, und ich denke an die wirklich schräge Session gestern in Natalias Schneiderei. Mein kleiner intimer Striptease, die Posen ohne Höschen vor einer fremden Frau, die vielen Fotos. Die Fotos!

Heiß schießt es mir in den Kopf. Ich habe ihr nicht wirklich die Fotos überlassen, dafür, dass nun dieses blöde Kleid und diese Schuhe bei mir stehen.

Die ich mit diesem extremen Absatz doch niemals anziehen werde!

Die Fotos!

Wo ist mein Handy? Ich finde es in der Küche auf dem Esstisch und öffne den Ordner mit den Bildern.

Natalia hat in der Tat ein gutes Auge, denke ich insgeheim auch sehr angetan, als ich schnell durch die sehr vielen Aufnahmen scrolle.

Dann aber komme ich zu den Serienfotos, auf denen ich solch gewagte Pirouetten drehe, dass sich das Kleid durch den Schlitz weit öffnen konnte.

Sehr weit sogar.

Und erst jetzt wird mir bewusst, dass dank meiner erhöhten Position auf dem Podest die Fotografin alles von mir in Augenhöhe hatte. Und alles heißt wirklich alles! In Zeitlupe sehe ich Bild für Bild meinen nackten Hintern und gleich darauf meine ebenso nackte Scham vorbeifliegen. Oh mein Gott, und das habe ich ihr alles geschickt? Nur für das Kleid?

Ich werde es ihr sofort zurückbringen, beschließe ich entschlossen und gebe Schneideratelier Natalia als Stichwort bei Google ein, um die Öffnungszeiten zu checken.

Da ist sie ja schon! Der Link führt auf ihre recht simpel gestaltete Website, die nicht viel mehr als ihr Schaufenster zeigt sowie Adresse und Öffnungszeiten preisgibt. Dienstags ab 14 Uhr, das sind noch über fünf Stunden, aber vielleicht ist sie ja schon früher da. Schnell schicke ich ihr eine Textnachricht: »Muss Sie sprechen! Dringend!!!«

Erst jetzt fällt mein Blick auf das kleine Instagram-Symbol. Was hatte sie gesagt, sie würde dort immer ein paar Fotos einstellen, um ihre Kollektion zu zeigen? Nun wird mir heiß und kalt zugleich.

Sie wird doch noch nicht…?

Mit zitterndem Finger klicke ich auf das bunte Icon, lande auf dem Account der @schneidermeisterin_natalia und sehe sofort: Sie hat es getan!

Und vor allem genau das eine aus der Serie, wo das Kleid tatsächlich sehr weit aufklafft und nicht nur meine Beine, die Nylons und Heels, sondern vor allem meine linke Pobacke sehr deutlich und sehr nackt im Profil erscheint. Oh mein Gott, denn das ist noch nicht alles: Der bunte

Kreis um ihr Profilbild verrät, dass sie eine neue Story eingestellt hat. Im Fünfzehn-Sekunden-Takt sehe ich plötzlich viel zu viele, für mich auch unschöne Details meines Körpers über das Display des Handys flimmern.

Meine halbnackten Oberschenkel, auf denen sich sehr frivol das Spitzenmuster der Strümpfe abhebt, aber auch ein paar Härchen zu viel herausstechen. Meine nicht gerade perfekt gepflegten Zehen, wie sie – immerhin durch die schicken Nylons geschönt – mit den zugegebenermaßen wirklich schönen Schuhen spielen. Und schließlich meine leicht rauen Hände, die den Schlitz des Kleids in einem Moment so raffen, dass jedem Betrachter eine Sache sehr offenbar werden muss: Die Trägerin kann unter dem Kleid eigentlich nur komplett nackt gewesen sein!

Mir wird mit einem Schlag speiübel, mein Magen dreht sich, mein Kopf beginnt zu rasen. Stopp, vielleicht sollte ich erst einmal für Koffein sorgen und logisch überlegen. Brummend läuft ein großer Latte Macchiato aus der Maschine in meine Lieblingstasse.

Ja, das ist das Beste! Ich gebe das blöde Kleid zurück, für das sich mein Mann ohnehin nicht zu interessieren scheint, sie löscht meine Bilder und alles ist gut.

Nachdenklich schaue ich beim Kaffee noch einmal auf das Posting von Natalia. Natürlich hat sie wie versprochen die Fotos so angeschnitten, dass mein Gesicht nicht zu erkennen ist.

Nun ja, richtig ist, dass es nicht komplett zu sehen ist. Mal sind meine Augen im Bild, mal ist mein Mund drauf, wobei der kleine Schmollmund, den ich gerade ziehe, zugegeben das Detail ist, welches dem Foto tatsächlich den gewissen Extrakick verleiht.

Aber nein, richtig ist es trotzdem nicht, weil ich genau weiß, dass ich das bin und mich nun theoretisch alle Menschen auf dieser Welt verdammt nackt angaffen können.

Dabei sollte mich doch nur der eine nackt sehen, der aber viel zu spät nach Hause gekommen und wieder viel zu früh zu seinem blöden Job verschwunden ist. Vielleicht sollte ich es einfach doch aus purer Bosheit…?

Aber nein, hier geht es jetzt allein um mich und meine Gefühle! Und die sagen eindeutig: Ich will es nicht!

Nachdenklich klicke ich nochmals auf die Story von Natalia und je häufiger ich mich in dieser Bildershow betrachte, desto mehr wird mir bewusst, dass schon sehr, sehr viel von mir preisgegeben wird.

Denn Natalia hat tatsächlich Ausschnitte genommen, in denen zum Beispiel meine Augen unter der Hutkrampe herausfunkeln. Oder auch ein Teil meines Gesichts im Halbprofil zu sehen ist, während ich mir wuschelnd durch die Haare fahre.

Wer weiß, ob da nicht irgendjemand so schlau ist und mich aus diesen Bildern mit allen Details zusammenpuzzelt?

Womöglich einer dieser computeraffinen Nerds meines Sohnes? Oh mein Gott, die müssen jetzt alle Hausverbot bekommen, bevor die mich noch lüsterner als schon jetzt anstieren. Wie heißt es noch mal bei denen?

Milf! Bin ich jetzt für die vollkommen zu einer »Mother I'd like to fuck« geworden, ein feuchter Traum pickeliger Spätpubertierender? Und die halten es jetzt als Fotobeweis in der Hand, sichtbar in aller Welt. Werde ich gerade etwas paranoid? Nein, die Bilder müssen raus, basta! Warum ist es denn erst neun? Noch fünf lange Stunden! Meine Güte, und wie schmutzig ich mich gerade fühle.

Gehe ich besser erst einmal unter die Dusche, das beruhigt mich doch meistens!

Da mir das Haus gerade allein gehört, gönne ich mir natürlich den Luxus, nackt aus dem Bad zu kommen. Im Schlafzimmer streiche ich mehr zufällig als bewusst, eigentlich nur im Vorbeigehen, nochmal über den feinen und federleichten Stoff des Kleides und setze mich auf die Bettkante.

Während ich mich langsam mit meiner Lieblingslotion eincreme, gleiten meine Augen erneut hinüber zum Kleid, das wie ein Fanal des gestrigen Tages fast schon drohend über mir hängt.

Und doch spüre ich zugleich, wie mich erneut das feine Kribbeln erfasst, als mir die schon sehr sinnliche Atmosphäre während dieser schrillen Fotosession mit Natalia in den Sinn kommt.

Als sie die Naht an den Strümpfen richtete, mich später bat, das Höschen abzustreifen und wie sie fast schon zärtlich über meinen Allerwertesten strich, um doch eigentlich nur das Kleid glattzuziehen. Aber damit bei mir etwas vollkommen anderes, etwas längst Vergessenes und lange Verdrängtes ins Bewusstsein rief. Plötzlich sehe ich mich wieder auf dem kleinen Podest stehen, während ich mich voller Wonne und Lust drehe, um das Kleid vor der Kamera in Natalias Hand provozierend aufklaffen zu lassen, damit sie jedes noch so kleine Detail meiner Nacktheit gnadenlos einfangen kann.

Leise ergreift mich mein eigenes Verlangen, wird stärker und stärker und nimmt unaufhaltsam von mir Besitz.

Will ich überhaupt, dass es aufhört?

Wollte ich denn gestern, dass es aufhört?

Längst gleiten meine noch von der Lotion glitschigen Fingerkuppen mit zartem Druck über meine Brüste und ziehen die inzwischen steil aufragenden Nippel behutsam, aber immer fordernder nach oben.

Mit einem Schlag ist das gerade noch beklemmende Gefühl meiner zügellosen Freizügigkeit in Natalias Atelier verschwunden und hat sich in pure Lust aufgelöst. Meine Finger streichen tiefer und tiefer, umkreisen schon meinen Bauchnabel und kämmen sich mit wachsender Wonne durch mein viel zu dichtes Schamhaar.

Wieder sehe ich Natalia mit dem Handy vor mir in Stellung gehen, während meine Hände unaufhaltsam weiter nach unten zwischen meine Beine wandern, als wollten sie wenigsten diesen Bereich vor dem fordernden Blick der klickenden Kamera verbergen.

Zu spät.

Das Verlangen in mir ist unaufhaltsam.

Kraftvoll reibt sich mein Becken an meinen Händen, die sich mit festem Druck auf meine Vagina pressen. In meinem Kopf taucht plötzlich und unvermittelt der prallgefüllte Penis meines Mannes auf, der Natalia unbarmherzig zur Seite schiebt und sich dann steil aufragend vor mir aufbaut. Thomas, dröhnt mir in den Ohren, wo warst du nur die ganze Zeit? Komm endlich zu mir, rufen meine Gedanken.

Und dann spüre ich förmlich, wie sein hartes Glied unerbittlich in mich hineindrängt.

Leise keuchend lasse ich erst einen Finger und gleich darauf einen zweiten tief in meine Scheide gleiten. Ich spüre, wie mich ein herrliches Zittern am ganzen Körper erfasst.

Mit kreisenden Auf- und Abwärtsbewegungen hebt und senkt sich mein Becken immer schneller. Immer tiefer stoßen meine inzwischen klatschnassen Finger in mich hinein, bis ich mich schließlich laut stöhnend voll und ganz gehen lassen kann.

Erschöpft rolle ich mich auf die Seite.

Wow, das tat gut!

Aus der Ferne schreckt mich das unverkennbare Pling meines Telefons auf. Eine neue Textnachricht, das kann hoffentlich nur Natalia sein!

Splitterfasernackt laufe ich sofort in die Küche, wo mir neben der Espressomaschine bereits ihr Name und Profilfoto auf dem Display entgegenleuchten. »Klar, passt! Sie haben gestern auch die Hose Ihres Sohnes vergessen!

Bin im Atelier, falls Sie jetzt kommen wollen?« Gott sei
Dank, jetzt wird auch hier alles gut. Erleichtert atme ich
auf und tippe die Antwort in Windeseile zurück. »Kann
in dreißig Minuten da sein. Müssen wirklich dringend
reden. Danke!«

Hektisch streife ich mir das übliche Alltagsoutfit über,
schlüpfe wie immer barfuß in meine Boots, greife nach
den Heels und werfe noch das Kleid über den Arm. Leise
in mich hineinfluchend suche ich fünf Minuten zu lang
nach meinem Autoschlüssel, der sich natürlich ganz unten in der Handtasche befindet, und fahre endlich los.

D R E I

Mit einem erstaunten Seitenblick auf das Kleid, das über
meinem Arm hängt, öffnet mir Natalia die Ladentür.
»Frau Hermes, um Gottes Willen, wie sehen Sie denn
aus? Hat sich eine Naht gelöst, muss ich etwas richten?«,
fragt sie sogleich besorgt.

»Nein«, sage ich und muss dabei wohl sehr hilflos
klingen, »wir zwei müssten was richten!«

Sie stutzt zunächst, hat sich aber schnell wieder gefasst. »Nun kommen Sie erst einmal herein. Sie sehen
aus, als könnten Sie einen Tee gebrauchen, oder«, sie

mustert mich noch einmal besonders kritisch, »gleich etwas Stärkeres?«

Ich folge Natalia ins Hinterzimmer, wo bereits eine mir unbekannte Frau sitzt, die mich, das Kinn auf ihre Hand gestützt, mit unverhohlener, aber durchaus sympathischer Neugier taxiert.

»Frau Hermes, das ist meine beste Freundin Eva«, stellt Natalia uns gegenseitig vor, während sie ein Streichholz anreißt, um die Gasflamme zu entzünden und den zerbeulten Wasserkessel aufzusetzen. Eva wirft mir ein fröhliches »Hi« zu, um sich aber sofort wieder ihrem riesigen Smartphone zu widmen.

Ich nicke ihr zunächst nur knapp und unpersönlich zu, komme aber nicht umhin, sie aus den Augenwinkeln doch etwas näher verstohlen zu betrachten.

Unglaublich, mit welcher Geschwindigkeit sie trotz ihrer sehr langen und sehr künstlichen Nägel ihre Nachrichten tippen kann, denke ich und schaue etwas neidisch auf ihre makellosen, nackten und ebenfalls sehr langen Beine, die in stylischen Chucks stecken und übereinandergeschlagen im Takt ihres Tippens wippen.

»Kamille, Zitrone, grüner Tee?«, reißt mich Natalia aus meinen Gedanken.

»Kamille«, sage ich mechanisch, »ach nein, Zitrone. Ist auch egal, was Sie gerade zur Hand haben.«

Verwundert hebt Eva wieder den Kopf, schiebt dabei ein paar Strähnen ihrer kastanienrot schimmernden Haare aus dem Gesicht und schaut mich eine ganze

Weile gedankenversunken an. »Also«, nimmt Natalia, während der Wasserkocher leise vor sich hin summt, den Faden wieder auf, »was müssen wir denn nun richten?«

Ich blicke zunächst verunsichert auf Eva, die sich inzwischen aber wieder voll und ganz in einen weiteren Tippmarathon vertieft hat.

»Hmm, ja, es ist so, ich würde gerne das Kleid und auch die Schuhe zurückgeben, und dafür«, ich stocke kurz, während ich nach den passenden Worten ringe, »das andere wieder zurücknehmen. Sie wissen schon. Also kurzum gesagt: Können wir das wieder löschen?«

Ich merke, wie beim Stammeln mehr und mehr Blut in den Kopf schießt.

Wahrscheinlich leuchtet der bereits so lichterloh wie der Haarschopf ihrer besten Freundin.

»Aber natürlich! Das sind doch Sie!«, höre ich diese sogleich aus ihrer Ecke rufen, während sie uns mit breitem Grinsen ihr Smartphone entgegenstreckt, auf dem Natalias Insta-Story gerade formatfüllend meinen nackten Hintern zeigt. »Das ist wirklich irre, was ihr da gestern gemacht habt. Zwar sehr gewagt, aber genauso muss es doch auch sein. Ich hätte es selbst nicht besser machen können. Meinen herzlichsten Glückwunsch, ihr beiden!«

»Eva ist Fotografin«, meldet sich Natalia erklärend zu Wort, »und auf Instagram eine echte Expertin. Ich hätte vielleicht besser auf deinen Rat warten sollen…«

»Papperlapapp«, unterbricht Eva sie sofort, »ich sage Natalia seit einer kleinen Ewigkeit, dass sie ihre

Entwürfe dort endlich mal richtig präsentieren soll. Es ist eine Schande, dass hier die schärfsten Klamotten seit Jean Paul Gaultier hängen, und keiner da draußen bekommt es überhaupt mit.«

Endlich kann ich mich zu Wort melden.

»Das mag schon sein«, sage ich sehr bestimmt, während ich Natalia zugleich fest in die Augen schaue, »aber ich möchte, dass Sie es bitte wieder löschen. Auch diese Instagram-Story, das alles ist mir jetzt wirklich zu intim geworden, wissen Sie?«

Bevor Natalia überhaupt antworten kann, ist Eva schon wieder am Zug.

»Sorry, dass ich mich schon wieder einmische. Zu intim, das gibt es doch gar nicht mehr. Außerdem bleiben Sie weiterhin die geheimnisvolle Unbekannte, das macht die Bilder doch so perfekt. Und schauen Sie nur, wie viele hundert Likes diese Aufnahme schon bekommen hat. Kein Vergleich zu den üblichen zwanzig, wenn die herzensgute Natalia das schärfste Outfit an ihrer ach so sinnlichen Schneiderpuppe präsentiert.«

»Jetzt bist du aber gemein!«, sagt Natalia, und wendet sich mir zu: »Ich wollte Sie wirklich nicht überrumpeln und einfach so für meine Zwecke einspannen. Aber gestern hatte alles plötzlich gepasst. Auch wie Sie doch immer mehr Lust bekommen haben. Und ich einfach nur draufdrücken musste. Sie sahen einfach umwerfend aus, und als uns dann auch noch die nette Frau Schäfer in flagranti erwischt hat...«

Kichernd prustet sie los. Auch ich kann mir ein Grinsen nicht verkneifen, als ich an mein Höschen auf der Schneiderpuppe denke, welches ich dieser humorlosen, frigiden Pute doch glatt vor die Nase gehalten habe. Und wahrscheinlich bekommen meine Wangen einen kleinen Stich ins Rosarote, als mir noch dazu mein kleiner, aber feiner Höhepunkt von vorhin in den Sinn kommt.

»Aber natürlich werde ich alles wieder löschen, versprochen!«, höre ich schließlich Natalia resigniert sagen.

»Dazu ist es eh schon zu spät!«, schaltet sich Eva mal wieder dazwischen. »Guck doch mal, wie viele Personen bereits deine Story geteilt haben!«

Mir wird plötzlich ganz mulmig. »Was heißt das, zu spät? Das kann man doch einfach wieder löschen!«

Eva lacht laut auf. »Natürlich, Süße, aber das Bild ist schon ein echter Selbstläufer geworden. Was glauben Sie, wie viele es bereits weiter gepostet haben. Aber ehrlich, Frau Hermes, wo ist denn eigentlich das Problem? Natalia bekommt endlich die Aufmerksamkeit für ihre Entwürfe, die sie verdient. Und Sie bleiben unerkannt, können aber trotzdem mit Ihrer Lust, Ihrem Sexappeal und Ihrer Sinnlichkeit vor aller Welt posieren. Ein klassisches Win-Win, würde ich als unparteiische Dritte einwerfen.«

Ihre herrlich dunkelrot schimmernde Mähne hat sich inzwischen direkt vor meiner Nasenspitze aufgebaut, graugrüne Augen funkeln mich herausfordernd an.

»Kommen Sie schon! Man sieht es den Bildern doch an, dass es Ihnen echte Lust bereitet hat.«

Zugleich streichen plötzlich ihre warmen Hände sacht über meine Arme, bis sie schließlich unten angekommen mit sanftem Druck meine geballten Fäuste zu lösen versuchen.

Hilflos blicke ich an mir herunter und fühle mich in den schnell übergeworfenen Klamotten in diesem Augenblick alles anderes als sinnlich, sexy und begehrenswert.

»Vor zwanzig Jahren vielleicht war das alles mal sinnlich und begehrenswert«, höre ich mich matt sagen, »aber inzwischen…? Schauen Sie mich doch an. Ich habe zwei Kinder geboren und großgezogen, einen Haushalt geführt, meinem Mann den Rücken freigehalten – das alles hat überall seine Spuren hinterlassen!«

Entmutigt klopfe ich mir auf den trotz meiner harten Trainings- und Yoga-Einheiten zwar mikroskopisch kleinen, mich aber dennoch störenden Bauchansatz und deute dazu mit beiden Händen an, wie sehr ich meine doch noch ansehnlichen Brüste am liebsten wieder kugelrund geformt und straff angehoben haben möchte.

Belustigt lacht Eva auf und klatscht im Gegenzug mit der flachen Hand auf ihre rechte Pobacke, um sie dann ganz ungeniert mit festem Griff in die Höhe zu ziehen, wodurch ihr schon sehr kurzes Sommerkleid ein Stück zu weit nach oben rutschen kann.

Frech kommt ein schwarzer Tanga zum Vorschein.

»Verklären Sie mal nicht zu sehr die Vergangenheit, das geht doch schon mit zweiunddreißig Jahren los, dass so manches nachgibt. Trotzdem weiß ich, wie sehr ich mit diesem Allerwertesten hier echte Lust auslösen kann. So wie ich es mit jedem Foto von Ihnen machen würde. Das überlassen Sie mal schön der Fotografin, dass Sie nur von Ihrer schärfsten Seite gezeigt werden. Haben wir doch gerade erst gesehen, wie gut das funktioniert.«

Ihr letzter Satz erinnert mich daran, dass mir in diesem Augenblick gerade auch tausende Männer unter den Rock gucken können.

Erschrocken stelle ich gleichzeitig aber auch fest, dass mich diese anzügliche Tatsache immer weniger zu erschüttern scheint!

Selbst mein Mann könnte darunter sein und wüsste nicht, dass er sich gerade an seiner eigentlich mustergültigen Ehegattin aufgeilt. Das wäre schon sehr schräg, denke ich inzwischen mehr angeregt als noch peinlich berührt.

»Außerdem bestimmen doch Sie, wie viel Sie von sich preisgeben wollen. Und wie viel nicht!«, setzt Eva nochmals nach, als hätte ich meine schmutzige Fantasie laut ausgesprochen.

Meine Augen verharren auf der freizügigen Pose, die auf Natalias Account zu sehen ist. Ein wunderbar anregendes Kribbeln breitet sich in meiner Bauchgegend aus.

Wie lange habe ich das eigentlich nicht mehr spüren können? Unschlüssig schiebe ich das Bild nach oben weg und fliege nun zum ersten Mal über die größtenteils schon sehr direkten Kommentare. »Das hier sind aber nicht die klassischen Käufer für so ein Kleid«, halte ich mit schwachem Protest nochmals dagegen. »Ich sehe mehr Kerle, die sich an mir aufgeilen, als Frauen, die sich bei Natalia zur Anprobe anmelden. Eher wollen die was an mir ausprobieren!«, und deute dabei auf so manch eindeutig zweideutiges Emoji.

»Das, meine Süße, ist tatsächlich die Kehrseite der Medaille«, sagt Eva achselzuckend und frei heraus.

»Dass die Kerle uns hinterherpfeifen, ist seit der Steinzeit so und wird sich auch leider nicht mehr ändern.«

Sie hält mir wieder ihr Handy unter die Nase: »Schauen Sie, das ist mein Account. Ich habe seit Sonntag eine halbe Million Follower und darunter sind garantiert mehr Neandertaler als überhaupt jemals gelebt haben. Und nicht wenigen muss ich immer wieder die Tür vor der Nase zuschlagen – kein Problem für mich! Aber mit diesen Fotos verdiene ich halt richtiges Geld! Dass es immer wieder schwanzgesteuerte Idioten gibt, die mir ungefragt ihre Prachtlatte schicken, nehme ich gerne in Kauf. Zack, löschen, blockieren! Was glauben Sie, wie schnell der vermeintliche Superschwanz zusammenschrumpelt. Nein, hier geht es um mich, und um das, was ich will und von mir ausleben möchte, da lasse ich mich nicht einschränken!«

Sie drückt mir ihr Smartphone in die Hand und ich scrolle mich durch die vielen, zum Teil sehr freizügigen, aber immer sehr sinnlichen Bilder auf ihrem Account. Manchmal haben sehr junge, oftmals aber auch deutlich ältere Frauen für sie posiert. Man sieht gleich: es sind keine Profimodels. Sie könnten als Verkäuferinnen bei Aldi an der Kasse sitzen oder als Anwältinnen vor Gericht stehen, in Overalls an Werkbänken feilen oder mit Gummihandschuhen und Wischmopp bewaffnet irgendwo in fremden Haushalten putzen.

Es sind ganz normale Frauen, die bestimmt allesamt alltäglichen Beschäftigungen nachgehen. Aber auf den Bildern werden sie von Eva mit einem ganz besonderen, sehr eigenen Stil selbstbewusst in Szene gesetzt.

Ich sehe sie zum Teil von Kopf bis Fuß und mit schönen Gesichtern, die selbstbewusst in die Kamera blicken. Andere wiederum bleiben komplett in der Unschärfe verborgen und locken nur mit einem Ausschnitt.

Eine blonde Lockenpracht, die wie ein natürlicher Vorhang den Blick auf die offensichtlich nackte Scham vereitelt.

Ein roter Fingernagel, der über eine volle Lippe gleitet.

Ein apfelrunder Po, der sich unter einem Hauch von Strumpfhose abzeichnet.

Eine tätowierte Hand, die züchtig den Busen bedeckt.

Perfekt pedikürte und glänzend lackierte Zehen, die in wunderschönen High Heels stecken.

Das anregende Spiel mit schönen Details, verführerischen Accessoires und doch auch wieder mit purer Nacktheit, die aber niemals plump oder obszön wirkt, zieht mich unweigerlich in ihren Bann. Wieder denke ich daran, dass Natalia doch ganz ähnliche Aufnahmen von mir gemacht hat.

Und wie mich mein vermeintlicher Ausrutscher vor kaum einer Stunde auch ziemlich glücklich gemacht hat. Erneut schiebt sich Evas kastanienroter Schopf fordernd ins Bild. »Ich glaube, Frau Hermes, wir sollten es einfach mal zusammen ausprobieren. Sie, Natalia und ich!«

Währenddessen zieht sie Natalia an sich heran, nimmt ihr Gesicht in beide Hände und drückt ihr einen langen Kuss mitten auf den Mund.

»Du, meine Süße, bringst deine schärfsten Sachen mit und alles andere, was wir noch brauchen. Und Sie, liebe Frau Hermes, werden unser glamouröses Model, das es aller Welt zeigt und dabei aber unerkannt bleibt.« Schon drückt sie mir ihre Visitenkarte in die Hand.

»Keine Sorge, es ist ein kleines Studio, das ich mir mit meinem Freund teile. Da werden wir, anders als hier in Natalias Laden, ganz ungestört sein. Kommen Sie, keinen Rückzieher! Sie werden Ihren Spaß haben, das fühle ich!«

Fast berührt ihre Nasenspitze meine eigene, als mich ihre Augen erneut herausfordernd anfunkeln.

»Wir können die Fotos aber auch sofort löschen«, hält Natalia dagegen, während sie Eva sanft zur Seite schiebt und mir einen dampfenden Teepott in die Hand drückt.

Ich trinke mit kleinen Schlücken und spüre, wie mich nicht nur der Tee sehr heiß durchströmt.

»Nein«, sage ich mit fester Stimme und merke, dass mich die kleine, feine Lust nun vollkommen im Griff hat und ich sie am liebsten nie mehr loslassen möchte, »nicht löschen! Wir sehen uns in Evas Atelier. Ganz bestimmt!«

VIER

Ich sitze in der leeren Metro und sehe mein Spiegelbild immer schneller durch die dunkler werdende Industrielandschaft fliegen, je mehr Fahrt der Zug aufnimmt.

Nachdenklich zwirbeln meine Finger durch meine langen, blonden Strähnen, die noch den Duft des Haarsprays verströmen, mit dem Natalia vor einigen Stunden meine Frisur gerichtet hatte.

Wieder blicke ich raus ins Dunkle und sehe, wie stolz und zufrieden ich mir nach diesem Tag entgegenstrahle: die schick aufgestylten Haare, mein dezent geschminktes Gesicht, das sinnliche Rot auf meinen Lippen.

Ich könnte so sofort in die Oper gehen.

Dabei fühle ich mich wie ausgepowert, als hätte ich gerade einen Zehnkilometerlauf in meiner persönlichen Bestzeit über die Felder hinter mich gebracht.

Ein zufriedenes, nein, glückliches Grummeln lässt mich lang und tief ausatmen. Das war heute Morgen noch ganz anders, als ich von der Endstation der Metro-Linie in das schmucklose Gewerbegebiet gegangen bin.

Zehn Tage war es her, seitdem mir Eva ihre Visitenkarte mit der Adresse, auf die ich da gerade zusteuerte, zugesteckt hatte. Natürlich sind mir zwischendurch immer wieder Gewissensbisse gekommen.

Sollte ich, will ich, darf ich?

Mehr als einmal hatte ich das Kleid herausgezogen, das Natalia mir nach dem letzten Treffen dann doch wieder mitgegeben hatte.

»Das ist und bleibt mein Dank für die Fotos«, hatte sie gesagt. »Und überlegen Sie: ich habe bereits sieben Anfragen bekommen, es noch einmal anzufertigen!«

Bestimmt genauso häufig hatte ich es mir auch wieder übergestreift, wenn ich allein zu Hause war, war in die Schuhe geschlüpft und hatte mich vor den Spiegel gestellt und mit wachsender Lust betrachtet, während meine Hände angeregt mit dem Schlitz spielen durften.

Sollte ich nicht einmal meinen Mann so wunderbar aufgestylt zu Hause erwarten, wo er doch immer genervter von der Arbeit nach Hause kam? Aber eigentlich auch gar nicht zugänglich war, wenn ich mich ihm zärtlich genähert hatte? Oder nur die Augen verdreht und ein »Heute nicht, morgen bestimmt« gemurmelt hatte.

Sollte ich, will ich, darf ich?

Ja!

Und schon war der Termin mit Eva und Natalia gesetzt.

Schließlich stand ich dann tatsächlich heute Morgen vor dem unscheinbaren Industriebau und ging mit pochendem Herzen die Treppe hoch in den ersten Stock, um an eine wuchtige Stahltür zu klopfen. »Komme gleich«, hörte ich sofort eine mir noch nicht wirklich vertraute Stimme fröhlich und melodisch rufen.

Kurz darauf öffnete sich die Tür, und schon hatte mir Eva etwas außer Puste ein Küsschen links und rechts auf die Wangen gedrückt.

»Schön, dass Sie da sind, ich muss noch die Lichter neu setzen, mein Partner hat bei seinem letzten Shooting mal wieder alles durcheinandergebracht. Jedes Mal sage ich, mach es wieder genauso, aber Sie wissen ja, unsere lieben, perfekten, immer ach so gut organisierten Männer, was will man da machen…«

Endlich stoppte ihr sprudelnder Wasserfall an Worten und sie blinzelte mich mit leuchtenden Augen an, bevor sie mich an beiden Händen ins Studio zog. »Wunderschön sehen Sie heute aus, wirklich großartig, das wird ein guter Tag, das spüre ich.«

Sie ließ wie bereits bei unserer ersten Begegnung meine Hände langsam durch ihre gleiten, so als würde sie mich um den ersten Tanz bitten wollen.

Bevor ich mich aber überhaupt räuspern konnte, war sie schon wieder voll in ihrem Elan.

»Natalia kommt übrigens auch gleich, ihr Auto war zugeparkt, die sind echt zu blöd in der Stadt. Ich mache derweil das Licht, bin gleich wieder bei Ihnen!«

Mit einem lachenden Blick über ihre Schulter flitzte sie bereits wieder quer durch das Studio, das eigentlich viel mehr einem riesigen Loft ähnelte und zudem auch eine einladende Behaglichkeit ausstrahlte. Zugleich schoss mir wie aus dem Nichts durch den Kopf, wie anziehend Eva in dieser Szenerie auf mich wirkte: als sie barfuß, in einem Paar transparenter, mit schwarzer Spitze besetzter Leggings und einem eigentlich viel zu großen, weißen Piratenhemd mit sehr, sehr weit aufgeknöpfter Rüschenbrust, die rot schimmernden Haare mit einer silbernen Klammer hochgesteckt, in ihrem Reich herumhantierte.

Noch irritiert, wie ich diesen in mir plötzlich aufkeimenden lustvollen Gedanken einordnen sollte, folgte ich ihr zögernd und mit einigem Abstand.

Wobei aber ihre herzliche Begrüßung, der flüchtige Kuss, ihr Lob über mein Aussehen, dazu diese graugrün strahlenden Augen und überhaupt der Klang ihrer warmen Stimme bereits alle Bedenken, die mich auf der Treppe noch für einen Augenblick zögern ließen, an ihre Tür zu klopfen, bereits mit einem Schlag weggewischt hatten.

Denn auf Anhieb war wieder dieses intensive Grummeln da, das mich seit diesem Tag, an dem ich ihr das erste Mal in Natalias Schneiderei begegnete, immer wieder in leichten Aufruhr versetzt hatte.

Verrückt, dachte ich, wir treffen uns nun erst zum zweiten Mal und haben bislang noch nicht einmal eine ganze Stunde miteinander verbracht. Aber es war so, als würde ich sie bereits von Kindesbeinen an kennen. Krampfhaft versuchte ich zu sortieren, wo mir diese herrlich aufgedrehte Person schon einmal begegnet war:

Party, Fitnessclub, Sportverein? Sind wir uns in der Schule oder im Kindergarten über den Weg gelaufen? Hatte ich sie etwa als kleine Cousine auf einem Familienfest im Arm gehalten? Ist sie vielleicht die kleine Schwester, die ich aber niemals hatte? Doch ich bekam sie nirgendwo und schon gar nicht in meinem bisherigen Leben zu fassen.

»Sind Sie aufgeregt?«, unterbrach Eva meine schrille Grübelei. Vehement schüttelte ich den Kopf, so als wollte ich auch dieses schräge Kopfkino schnell von mir abschütteln. »Gut so! Schauen Sie, das ist heute Ihr Reich, hier dürfen nur Sie allein sich heute austoben, keiner wird uns stören. Und, ganz wichtig, keiner wird was von Ihnen zu sehen bekommen, was Sie nicht wollen!«

»Jetzt werde ich doch ein wenig aufgeregt«, schoss es nun aufgewühlt aus mir raus und zugleich auch heiß bis in die letzte Haarspitze.

»Ganz normal«, grinste Eva mich gelassen an, »es hätte mich ehrlicherweise auch gewundert, wenn es bei Ihnen anders wäre. So geht es allen Models, wenn sie das erste Mal vor der Kamera stehen. Und Lampenfieber gehört auch bei den ganz großen Heidis dieser Welt zum Showbusiness dazu. Glauben Sie mir!«

Sie griff erneut nach meinen Händen.

Sofort breitete sich wieder dieses wunderbare Gefühl der absoluten Geborgenheit tief in mir aus.

»Aber machen Sie sich keine Sorgen! Wir legen behutsam los und dann platzt der Knoten von ganz allein.

Versprochen!« Ich spürte, wie eine intensive Wärme aus ihren Händen in meine Finger floss, die sich für sie bestimmt eiskalt anfühlen mussten.

Erst ein lautes Hämmern löste die für mich knisternd aufgeladene Atmosphäre schlagartig wieder auf.

»Das ist Natalia. Ich komme, Süße, bin schon da.«

Schon hatte sie mich losgelassen und riss mit einem »Natalia, Schatz, endlich!« die große Eingangstür zum Studio auf.

Natalia kam herein, ein riesiges Bündel an Kleidersäcken im Arm, mit der freien Hand einen kleinen Rollkoffer hinter sich herziehend. Wie selbstverständlich wurde sie von Eva mit einem sehr langen Kuss mitten auf den Mund begrüßt. Und zugleich spürte ich, wie es tief in mir drin auf einmal ziemlich heftig zu piksen begann.

»Hallo Frau Hermes, schön dass Sie da sind«, rief Natalia, als sie sich endlich aus der intensiven Umarmung ihrer Freundin befreit hatte, in meine Richtung. um dann gleich darauf wie ein Rohrspatz loszuschimpfen.

»Du fasst es nicht, dieser Typ, der mich so zugeparkt hat. Und dann kommt der, nachdem ich bereits eine kleine Ewigkeit rumgekurbelt habe, so dämlich grinsend aus dem Laden, und...«

Doch Eva winkte gleich ab.

»Typen wie der können uns heute komplett egal sein. Jetzt machen wir unser Ding und ich sage euch, danach wollen uns alle Kerle da draußen eh wieder ganz demütig die Füße küssen.« Sie nahm Natalia die Kleidersäcke aus der Hand und hängte sie an einer fahrbaren Garderobe auf, die sie anschließend hinter einen langen, weißen Paravent schob, mit dem ein Teil des Studios abgetrennt war.

Aus einem Ungetüm von Kühlschrank, der wie ein nostalgisches Relikt aus den 1950ern direkt danebenstand, zog sie eine Flasche Freixenet, die sie auf den riesigen, mitten im Studio platzierten Arbeitstisch stellte: »So, Mädels! Erstens löst das die Anspannung und zweitens müssen wir uns noch einmal richtig vorstellen!«

Mit lautem Knall flog der Korken durch den Raum, und schon hatte sie einen schäumenden Schluck für jede von uns in drei schnörkellose Wassergläser von Ikea verteilt, die bereits neben einem aufgeklappten Laptop auf dem Tisch standen.

»Also, jetzt von vorne und alles auf Anfang. Ich bin Eva!«, strahlte sie mich an und erhob dazu ihr Glas.

»Ich bin Natalia und habe den ganzen Schlamassel hier irgendwie angerichtet«, fiel ihr meine Schneiderin gleich darauf ins Wort, während sie etwas verlegen zur Seite schaute.

»Kein Schlamassel«, sagte ich und stieß beherzt mit beiden an, »ich bin Laura und wahrscheinlich die einzige hier im Raum, die schon jetzt wahnsinnig aufgeregt und nervös ist.«

»Das werden wir sofort beheben«, grinste Eva süffisant und prostete uns beiden erneut zu, bevor sie schließlich ihr halbgefülltes Glas mit einem Zug leerte.

»Auf uns, meine Mädels!«

»Dann richte ich zunächst das, was ich mitgebracht habe«, sagte Natalia, marschierte in Richtung Paravent und zog die Kleidersäcke von der Garderobe ab.

»Da können wir uns ja tagelang austoben«, nickte Eva mit zufriedenem Blick auf ihr Arrangement.

Auch ich selbst kam zunächst aus dem Staunen nicht heraus. Was für eine prächtige Auswahl! »Ich habe meiner Familie versprochen, dass ich zum Abendessen daheim bin«, versuchte ich noch schwach protestierend einzuwerfen.

»Dann machen wir uns mal unverzüglich ans Werk, sonst ist deine ganze Arbeit umsonst, mein tapferes Schneiderlein«, entgegnete Eva mit energischer Stimme, während sie Natalia einen zärtlichen Kuss in den Nacken gab, der sofort wieder diese merkwürdigen Sticheleien in mir auslöste.

Oder war es der ungewohnte Sekt am Morgen, der bereits seine Wirkung zeigte?

»Wirklich alles okay bei dir?«, lachte Eva, als sie mich kritisch musternd hinter den Paravent zu einem kleinen Schminktisch mit nostalgischem Leuchtspiegel führte.

»Wow«, entfuhr es mir aber sogleich, »das ist ja…«

Staunend fiel mein Blick auf ein meterlanges Schuhregal mit Pumps in allen nur denkbaren Facetten. Mit ausgebreiteten Armen baute sich Eva stolz vor dem Regal auf, in das extrem verwegene High Heels genauso wie eine bunte Mischung aus lässigen Chucks, Sneakers und Turnschuhen in zig Farben und Formen einsortiert waren. »Du siehst hier das stressige Leben einer Influencerin. Und die ewige Frage: Was zum Teufel soll ich außer Prada nur tragen!«

Schmunzelnd ließ sie ihre Hand über eine schier endlose Reihe von Dessous gleiten, die fein sortiert an zwei übereinander montierten Kleiderstangen direkt neben dem Regal aufgehängt waren.

»Sie wird überschüttet mit Klamotten, die sie gar nicht allein tragen kann! Aber dafür bist du jetzt da! Du nimmst dir einfach, wonach du dich fühlst. Um den Rest kümmern wir uns!«

Ganz nebenbei hatte sie mich bereits auf einem bequemen Drehstuhl am Schminktisch platziert, um mich dann, Wange an Wange, im beleuchteten Spiegel aufmunternd anzublicken.

Wieder spürte ich, wie ihre Hände mit sanftem Druck die Anspannung aus meinen Armen strichen. Genussvoll schloss ich für einen Moment die Augen.

»Natalia, meine Süße«, hörte ich Eva nun leise sagen, »magst du dich bei unserer wunderschönen Laura noch um den letzten Schliff kümmern?«

Natalia öffnete ihren Trolley, der sich als Miniaturausgabe einer ganzen Schminkabteilung von Douglas entpuppte, und zog einen tiefrot schimmernden Nagellack heraus. »Genau der«, brummte Eva zufrieden und gab ihr erneut ein Küsschen auf die Wange, »das ist doch auch meine Farbe!« Schon war sie, uns noch einen Kussmund zuwerfend, hinter dem Paravent verschwunden.

Dann erloschen die großen Neonröhren, die bislang das komplette Studio taghell ausgeleuchtet hatten, und wie aus dem Nichts erfüllte plötzlich die ruhige Stimme von Robbie Williams mit seiner Neuauflage alter Swing-Songs den ganzen Raum.

Im sanften Licht um den Schminktisch begann Natalia konzentriert und mit ruhiger Hand den Nagellack aufzutragen, als Eva wieder im Spiegel erschien.

»Bereit?«, fragte sie.

Ohne eine Antwort von Natalia oder mir abzuwarten war ihr Gesicht sofort hinter einer großen Spiegelreflexkamera verschwunden.

»Ja, bereit«, hörte ich mich murmeln, als der Auslöser leise klickte und zugleich eine feine Gänsehaut meinen ganzen Körper überzog.

Gespannt, als würde ich eine Filmszene beobachten, konnte ich im Spiegel verfolgen, wie Eva das Objektiv auf Natalias feingliedrige, perfekt manikürte Finger zoomte, während diese gerade den Pinsel mit exaktem Strich über meine Fingernägel gleiten ließ.

Wieder ratterte der Auslöser, bevor Eva die Aufnahmen im Display kontrollierte.

»Ein starkes Motiv, unfassbar sinnlich, unsere Laura, aber auch du, mein Schneiderlein. Ich liebe es schon jetzt«, nickte sie zufrieden in unsere Richtung, bevor sie sich umwandte, um Natalias Kollektion in den Fokus zu nehmen. »Fangen wir erst einmal dezent an?«, hörte ich sie fragen und konnte wieder im Spiegel zusehen, wie sie ein zunächst sehr unscheinbares, knapp über den Knien endendes Kleid herauszog, um es sich probehalber selbst anzuhalten.

»Das ist genau richtig für deinen ersten Auftritt auf unserer Showbühne«, rief sie uns über die Schulter zu, »unsere Laura als sexy Büromäuschen!«

Natalia, die ihr kleines Kunstwerk an meinen Nägeln inzwischen beendet hatte und mit meinem Lidschatten und dem Auftragen von etwas Rouge beschäftigt war, hob nur kurz den Kopf und nickte zustimmend in Evas Richtung.

»Dazu die schwarzen Slingpumps aus der zweiten Reihe links oben. Die sind schön klassisch und nicht allzu extravagant!«

»Ist der Absatz für eine Büromaus nicht doch etwas zu extravagant?«, wagte ich vom Stuhl aus einzuwerfen, als ich sah, welches Paar Schuhe Eva nach Natalias Anweisung aus dem Regal zog.

»Nicht in meinem Büro!«, hielt Eva frech dagegen, »da würde ich dich genauso erwarten. Und außerdem, denk dran, meine Süße, wir bedienen hier Träume.«

Sie wühlte sich durch einen riesigen Karton, der neben dem Schuhregal stand und zog eine knisternde Verpackung heraus. »Genau die hier für Untendrunter! Mehr brauchen wir nicht, damit wäre Dein erster Auftritt perfekt! Komm Natalia«, grinsend zog sie ihre Freundin eng an sich, bevor sie gemeinsam hinter dem Paravent verschwanden, »lassen wir unser neues Topmodel sich einmal in Ruhe umziehen!«

Alleingelassen verharrte mein Blick auf dem Kleid, das ich gleich tragen sollte.

Trotz der freien Schulterpartie ein schon sehr konservatives Teil, trauten die beiden mir etwa nicht mehr zu? Oder war es die Probe aufs Exempel? Um erst einmal zu sehen, was die reife Frau, die ich zweifelsohne bin, noch draufhat?

Prüfend stieß ich mit der Zungenspitze an den schönen Nagellack: endlich trocken! Nun konnte auch ich das Kleid näher in Augenschein nehmen, musste aber sofort stutzen. »Euch ist klar, dass ich oben herum nichts tragen kann?«, rief ich aus dem kleinen Separee in den großen Raum hinein. »Bei dem Rückenausschnitt? Der reicht doch runter bis zum Po!«

»Deshalb unten herum am besten auch nicht viel!«, konterte Natalias Stimme frech zurück. »Jede Naht, die aufträgt, würde mich wirklich stören. Ich habe es schon sehr tailliert und körperbetont geschnitten!«

Also doch die Probe aufs Exempel. Einen Moment zögerte ich noch, bevor ich mich dann aber in meiner Nische splitterfasernackt auszog.

Vorsichtig nahm ich die Strumpfhose aus der Verpackung und streifte das ultradünne, elastische Gewebe über meine Beine, die daraufhin in einem feinen Bronzeton so golden schimmerten, als hätte ich die letzten drei Wochen auf Ibiza in der Sonne gelegen. Herrlich!

Erfreut stelle ich fest, dass auch die kleinen Besenreißer an meinen ansonsten doch wirklich ansehnlich geformten Waden durch die Nylons perfekt kaschiert wurden.

Auf Zehenspitzen stellte ich mich probehalber und zunächst nur mit der Strumpfhose bekleidet, vor den großen Ankleidespiegel, der zwischen dem Schuhregal und Evas persönlicher Dessousabteilung hing. Für eine Frau, die bald die Fünfzig erreicht hat, ist das doch nicht schlecht, schoss mir zufrieden durch den Kopf.

Und ja, auch ohne BH kann sich dein Busen doch wirklich noch sehen lassen.

Sorgfältig zog ich den breit gestrickten Bund der Strumpfhose weit nach oben und strich ihn anschließend so glatt wie nur möglich, damit er sich auch unter Natalias Kleid nicht mehr abheben dürfte.

Sehr viel deutlicher hob sich dagegen ein schmaler und dunkler Strich, der noch von meinen Schamhaaren übriggeblieben war, unter dem sehr transparenten und nahtlosen Nylongewebe ab. Zufrieden betrachtete ich mein kleines Kunstwerk, das ich gestern Abend trotz protestierender Tochter («Ich muss da auch noch rein!») bei einer längeren Session im Bad vollendet hatte. Auch kein schlechter Anblick, dachte ich und schaute mir im Spiegel nicht nur glücklich, sondern zugleich ein wenig selbstverliebt in die Augen.

»Brauchst du unsere Hilfe?«, hörte ich Eva aus der Ferne rufen.

»Nein«, antwortete ich bestimmt, um nur für meine Ohren noch leise nachzusetzen, während das zufriedene Grummeln in mir weiter anhielt: »Noch nicht!«

Schließlich schlüpfte ich in das Kleid und war einmal mehr erstaunt über die Künste von Natalia, da sich durch ihren geschickten Schnitt mein Dekolleté auch ohne stützenden BH ansehnlich aus dem Kleid abhob.

Mit den Schuhen in der Hand lief ich auf Zehenspitzen über den kühlen Betonboden ins inzwischen von etlichen Scheinwerfern herrlich illuminierte Studio, auf dessen Stirnseite Evas Instagram-Name als riesengroßer und fein geschwungener Neonschriftzug über die ganze Breite in einem schrillen Pink-Ton aufleuchtete: »@mit.eva.im.paradies«.

Und genauso fühlte ich mich auch in diesem Moment.

»Wow, was für ein wundervoller Dress!«, sagte diese andächtig und stand vom Tisch auf, an dem sie in der Zwischenzeit mit Natalia Platz genommen hatte.

»Schatz, du bist eine echte Künstlerin, das Kleid ist ja der Hammer!«

»Ja«, antwortete die Schneiderin mit einem sehr stolzen und zufriedenen Gesichtsausdruck, »ich muss anscheinend so jemanden wie Laura im Auge gehabt haben, als ich es entworfen habe.«

Sie trat zu mir, um das Kleid an den nackten Schulterpartien noch ein wenig zurechtzuzupfen. »Es ist dir wie auf die Haut geschneidert, Laura!«

»Und man sieht auch gleich, dass dir die Vorstellung einer scharfen Büromaus, die stets zu meinen Diensten ist, ganz schön zu gefallen scheint«, grinste Eva anzüglich, während sie mit ihrem nun mit Mineralwasser gefüllten Glas in Richtung meines Busens deutete. Ich folgte ihrem Blick, der auf zwei, sich deutlich unter dem feinen Stoff abzeichnenden Spitzen ruhte.

»Das muss der kalte Fußboden sein. Und außerdem musste ich ja auf einen BH verzichten«, murmelte ich ein wenig verlegen und versuchte, die Arme so zu verschränken, dass meine Erregung nicht weiter allzu offensichtlich zu Tage trat.

Doch Eva hatte sich schon wieder abgewandt und nestelte an der Rückwand des Studios an ein paar dünnen Kettenzügen herum. Rasselnd ließ sie kurz darauf eine riesige, bedruckte Leinwand herunter.

»Das ist unsere Szene! Du als strenge Büromieze in dieser altehrwürdigen College-Bibliothek, auf der Suche nach verschwundenen Büchern, während sich die pubertierende Brut die Nasen an der Scheibe plattdrückt und nicht weiß, wie sie den angestauten Hormon-Überschuss wieder loswerden kann.«

Sie kramte aus einem Stahlschrank neben der Eingangstür Bleistift, Block und Brille hervor.

»Deine Requisiten hätten wir auch. Und wenn das hier mal kein klassisches Kassenmodell a lá scharfe Bibliothekarin ist«, lachte sie, um mir die schwarz gerahmte Hornbrille mit einem zarten Kuss auf die Wange aufzusetzen.

»Bist du bereit?«

»Ja«, erwiderte ich entschlossen (aber viel mehr jubilierend über den kleinen Kuss, den sie auch mir endlich zuteilte), schlüpfte dazu mit einem Jauchzer in die Slingback-Pumps und streifte, jeweils einbeinig stehend und natürlich ohne einen einzigen Wackler, die Riemen über meine bestrumpften Fersen.

Als wäre es ein Catwalk, steuerte ich mit elegantem Hüftschwung auf die Studiorückwand zu und drehte mich schließlich, beide Hände in die Taille stemmend, vor der Bibliotheksszenerie auf dem Absatz um. Natalia und Eva starrten mich mit offenen Mündern an.

»Nun, wie gefalle ich meinen kleinen, frechen Schülerinnen?«

Eva fand als Erste ihre Worte wieder.

»Laura, ich bin baff! Als ob du noch nie etwas anderes gemacht hast.«

Stolz grinste ich zurück. »Wenn ich etwas in meinen letzten dreißig Jahren bis zur Perfektion gebracht habe, dann ist es das Stehen und Laufen in solchen Dingern!«

»Das sehe ich«, schmunzelte Eva mehr als zufrieden und begann sofort, mich mit der Kamera im Anschlag in die unterschiedlichsten Positionen zu dirigieren.

»Spiel mit dem Stift, gut so, über deine Lippen, hmm, noch etwas sinnlicher, da geht noch was, ja Süße, so ist es heiß, nun gib mir einen strengen Blick über den Brillenrand, oh mein Gott, warum haben Sie mir eigentlich nie Nachhilfe gegeben, Miss Hermes, darf ich Sie noch mal was zu den Hausaufgaben fragen? Bitte, bitte, nun dreh dich, noch ein wenig, ja so ist es perfekt, nun zu mir, direkt in die Kamera! Jetzt überlege, wen du als Nächstes vor die Tür oder zum Schämen in die Ecke schicken musst, ja toll, nun nur du ganz allein in der Bibliothek, denk nach, welche fiese Aufgabe du für die nächsten Klausur stellen wirst, ja genau, dieser Blick dazu, oh mein Gott, lass sie schwitzen! Natürlich, und auch hoch mit dem Bein, wow, wie kannst du auf diesem Absatz nur so elegant balancieren? Upps, was machst du denn jetzt mit den Heels? Das ist ja der helle Wahnsinn, spiel weiter, ja, gut so…«

Polternd rutschte mir der Schuh nun endgültig vom Fuß und auch ich kam langsam ins Straucheln.

»Puh«, stöhnte ich aufatmend, »sehr viel länger hätte ich es auf einem Bein beim besten Willen auch nicht mehr ausgehalten!«

Strahlend nahm mich Eva in den Arm. »Meine Güte, Laura, du unerkanntes Topmodel, was war denn das? Da war bestimmt jede Einstellung ein Treffer!«

Sie zog mich zum Tisch, an dem sich Natalia bereits durch die Aufnahmen scrollte, die direkt von der Kamera auf den Laptop übertragen wurden.

»Das ist es!«

Sie deutete auf ein Bild, das mich von hinten mit der irre ausgeschnittenen Rückenpartie zeigte, die wirklich keinen Fingerbreit über meinem Po endete. Dazu das aufreizend angewinkelte Bein, während der Schuh nur noch von meinen Zehen gehalten wurde.

»Besser geht es nicht!«, nickte Eva zufrieden: »Subtil, erotisch und schön knisternd. Die typische Pin-up-Pose einer Bettie Page! Damit würde unsere Laura schon in einigen Spind-Türen hängen!« Ich spürte, wie sie sich leicht auffordernd an mich drängte.

»Nur schade, dass wir dein wunderschönes Gesicht nicht zeigen dürfen. Dein Schulterblick, über den Brillenrand, das wäre schon die Krönung für das Motiv...?«

»Nein«, entgegnete ich bestimmt und atmete dabei den betörenden Duft ihres Parfüms ein, der sich sofort als aufregendes Glücksgefühl in mir ausbreitete. »Das ist und bleibt tabu!«

»Dann musst du dich halt anders austoben. Willst du?«

♣

Wie sehr ich mich ausgetobt habe, wird mir erst jetzt in der Stille der leeren Metro bewusst, als ich diesen verrückten Tag Revue passieren lasse.

Als ich wild in dem klassisch gepunkteten Petticoat-Kleid getanzt hatte, während Cher laut aus den Boxen des Studios dröhnte: »If I could turn back time...« Und dabei das Kleid hatte so hochfliegen lassen, dass Eva jeden nackten Quadratzentimeter um diesen heißen String, den ich dazu ausgewählt hatte, einfangen konnte.

Oder als ich in diesem glamourösen Abendkleid über den roten Teppich stolziert bin. Und es am Ende des improvisierten Catwalks einfach nur von den Schultern hatte gleiten lassen, um dann (»Upps, das ist mir jetzt aber peinlich«) nur noch in einem Nichts von Strapsset zu stehen. Das muss so filmreif gewesen sein, dass Natalia sich glatt am letzten Bissen von unserer Mittagspizza verschluckt hatte.

War das alles ich gewesen? Ich steige an der gewohnten Station aus und gehe nachdenklich in unser ruhiges Wohnviertel mit den alten Gründerzeithäusern und noch älteren Bäumen zwischen Bürgersteig und Bordsteinkante.

»Guten Abend, Frau Hermes!«

Erst die Stimme unserer Nachbarin reißt mich aus meinen Gedanken.

»Oh, hallo Frau Lachmann, Sie sind es! Noch eine Runde mit dem Hund?«

»Ja, Sie wissen ja, der will halt zu jeder Uhrzeit noch mal raus. Einen schönen Abend noch. Und Grüße an Ihren Mann. Muss der denn immer so lange arbeiten?«

»Danke schön, den wünsche ich Ihnen auch! Ja, die werde ich ihm ausrichten und ja, es ist gerade bei ihm wohl sehr anstrengend.«

Schnell wende ich mich ab und setze meinen Weg fort.

Durch das Fenster im Hof sehe ich unsere beiden Kinder in trauter Zweisamkeit in der Küche hantieren. »Bin gleich da!«, rufe ich aus dem Flur und husche schnell ins Schlafzimmer.

Ein kontrollierender Blick in den Spiegel, sollte ich vielleicht den von Natalia perfekt aufgetragenen Lippenstift noch abnehmen? Nein, der bleibt, beschließe ich und gehe in die Küche.

»Wow, krasse Farbe!«, höre ich sofort von meiner Tochter, als ich mich an den Esstisch setze. »Ja, ganz schön cool, oder?«, lächele ich, ganz angetan von ihrer

Reaktion und spiele dabei mit den Fingern vor meinem Gesicht. »Ich dachte, das passt auch ganz gut dazu. Ist Papa noch nicht da? Hattet ihr einen schönen Tag?«

»Jau, war super«, sagt mein Sohn und verschwindet mit dem Teller in Richtung Fernsehen (»Das Spiel geht gleich los!«), während meine Tochter schon wieder in der Parallelwelt ihres Smartphones verschwunden ist.

»Ich gehe noch schnell duschen und verziehe mich mit meinem Schmöker ins Bett«, sage ich in den Raum. »Ich bin echt erschlagen von diesem Tag, aber Danke fürs Kochen, das war alles wirklich sehr lecker!«

Ob sie es überhaupt mitbekommen haben?

Im Flur höre ich, wie sich der Schlüssel in der Haustür dreht. Mein Mann kommt herein und drückt mir das übliche Küsschen auf den Mund, will schon weiter in die Küche, um dann aber doch kurz zu stutzen.

»Du siehst heute irgendwie anders aus!«

»Ja, glücklich«, erwidere ich und verschwinde augenzwinkernd nach oben.

Er folgt mir, um dann aber in der Schlafzimmertür stehenzubleiben, während ich meine Sachen richte. »Das neulich mit dem Foto«, will er beharrlich nachsetzen, doch sofort unterbreche ich ihn.

»Schon vergessen, das hat sich bereits alles erledigt!«

»Nein«, sagt er, »also irgendwie will das doch nicht aus meinem Kopf verschwinden. Das warst wirklich du? Aber warum?« Fragend schaut er mich an. »Ja, das war wirklich ich«, entgegne ich kühl und drücke ihm im Vorbeigehen einen flüchtigen Kuss auf den Mund, »ich ganz allein!« Er greift nach meiner Hand, doch lachend entwinde ich mich aus seinem Griff.

»Die Kinder, mein Schatz, und es war echt ein langer Tag! Sorry, tut mir wirklich leid, ich spring noch kurz ins Bad und muss mich dann schleunigst hinlegen. Iss lieber was, die Kinder haben uns so lieb was hergerichtet!«

»Okay«, murmelt er abwesend, »mach das!« Ohne einen Blick zurückzuwerfen geht er langsam die Treppe hinunter.

»Ja, ich ganz allein«, flüstere ich mir zu, als ich mich im Bad einschließe und nackt ausziehe. Schon bald prasselt das Wasser in der Duschkabine heiß auf mich herab.

Ja, das war mein Tag, ganz allein, denke ich fast schon ein wenig trotzig, und das soll er auch bleiben.

Ich schließe die Augen und bin wieder im Studio. Die letzte Einstellung, sagt Eva, gib noch mal alles. Ja, habe ich in diesem Augenblick gedacht, natürlich gebe ich dir alles und lasse mich auf das riesige Sofa fallen, das unter ihrem paradiesischen Schriftzug steht.

Ich werfe meine Beine in den Nylons nach oben und würde am liebstem vor Glück schreien, als ich die Heels von meinen Füßen kicke und sehe, wie Eva auf einem kleinen Tritt stehend von oben herab jedes intime Detail von mir einfangen kann, das nicht einmal ansatzweise von Natalias unverschämt gut gestylten Partydress bedeckt wird.

Eva! Meine Hände beginnen wie von selbst meinen nassen Körper zu erkunden. Schon gleiten meine dunkelrot lackierten Nägel über meine inzwischen steifen Brustwarzen und verwundert stelle ich fest, dass sie tatsächlich die gleiche Farbe wie Evas herrlich duftende Haare haben.

Warum fällt mir das jetzt erst auf?

Leise wiege ich meinen Kopf im Takt von Chers altem Hit, während meine Hand nach der kleinen Brause greift und der heiße Wasserstrahl mit festem Druck gegen meinen grummelnden Bauch prasselt, bevor ich ihn langsam immer tiefer wandern lasse.

FÜNF

Ich haste die lange Rolltreppe zur Metro hinunter und drücke mich beharrlich an den Passanten vorbei. »Entschuldigung, Danke, sehr freundlich...«

Zu spät!

Surrend verlässt die Linie, die ich noch erwischen wollte, die Station. Also gut, zwanzig Minuten warten. Ich setze mich auf eine Bank und krame das Handy heraus. »Bahn verpasst, Mist. Wird später!« Und senden.

Sofort ertönt das Pling als Antwort. »Egal, freue mich auf dich«, gefolgt von einem Kussmund. Allein diese Worte lösen sofort wieder das kleine Glücksgefühl in mir aus. Entspannt lehne ich mich zurück, schlage die Beine übereinander und vertiefe mich auf dem Display in mein derzeitiges Lieblingsspiel. Trotzdem fällt mir nach einer Weile der Typ auf, die riesige Kapuze seines Parkas weit ins Gesicht gezogen, seine Augen von einer ebenso riesigen, gelbgetönten Pilotenbrille verdeckt. Glotzt der mich etwa an? Betont unauffällig, aber genau das macht es so auffällig.

Will der was? Kenne ich den? Kennt der mich? Oder will der sich nur an meinen mehr oder minder nackten Beinen und dem doch arg kurzen Rock aufgeilen? Bewusst wende ich meinen Blick in seine Richtung. Es wirkt. Sofort dreht er seinen Kopf weg von mir. Na also, denke ich siegesgewiss und vertiefe mich wieder in mein Spiel.

Im Zweiminutentakt kommen die Züge an dem Knotenpunkt hier in der Stadtmitte herein und irgendwann ist auch wieder die Linie dabei, die mich zu Evas Studio bringen wird.

Vier Mal hatten wir bereits ein Shooting gehabt und irgendwann hatte ich das Gefühl, dass ich stets ein Stück weiter gegangen bin, mit noch mehr Mut nahezu alle Scheu habe fallen gelassen.

Ja, dass ich mich fast schon provozierend obszön vor Evas Kamera präsentiert habe.

Oder wollte ich mich eigentlich nur ihr zeigen? Weil mir die kleinen Zärtlichkeiten zwischen ihr und Natalia währenddessen immer heftigere Stiche versetzt hatten?

Zischend öffnen sich die Türen der Metro und ich suche mir einen freien Platz. Heute bin ich aufgeregter als sonst: das erste Shooting ohne Natalia!

Nur Eva und ich. Fast wie ein Date!

Ich spüre, wie mir dieser verbotene Gedanke wie eine heiße Welle der Erregung von den Haarspitzen bis hinunter in die Zehenspitzen rauscht.

Die Metro leert sich, je weiter wir in die Außenbezirke kommen. Und da fällt er mir wieder auf: der schräge Typ aus der Station, sechs, nein, sieben Sitzgruppen weiter, aber so, dass er mich weiterhin gut im Blick hat.

Und ich spüre förmlich, wie er mich, obwohl seine Augen hinter der Brille verborgen bleiben, allein mit seinen Blicken nahezu verschlingen will. Fröstelnd zieht es sich in meinem Nacken zusammen: ein Stalker!

Hat der mich etwa auf Evas Insta-Kanal entdeckt?

Klar ist auf keiner der inzwischen zahlreichen Aufnahmen mein Gesicht komplett zu sehen, aber wer weiß, woran er mich erkannt und wie gefunden hat.

Noch drei Stationen. Nervös hebe ich meinen Kopf. Er bleibt tatsächlich sitzen. Hilflos schaue ich durch den ewig langen Waggon. Der ganze Zug ist fast leer! Nur ziemlich weit hinten blättert noch jemand, allerdings mit dem Rücken zu uns, in einer Zeitung.

Die vorletzte Station kommt. Er steht auf, und dreht sich weg von mir in Richtung Ausstieg. Jetzt ist es an mir, ihn weiter möglichst unauffällig zu beobachten. Ich sehe, wie er ein riesiges Smartphone aus der Tasche seines Parkas zieht. Der Zug wird langsamer, aber noch lasse ich ihn nicht aus meinem Blick. In wenigen Sekunden werden die Türen aufgehen. Fast will ich aufatmen, als ich ihn aber plötzlich mit einer schnellen Drehung und großen Schritten auf mich zugehen sehe, das Gesicht nahezu komplett vom Handy verdeckt, welches er mit beiden Händen so fest umklammert, als würde er es zerdrücken wollen.

Was macht der eigentlich? Ist der etwa so kurzsichtig?

Nur noch wenige Meter trennen uns. Face your fears, sage ich immer meiner Tochter. Trete den Kerlen in die Eier, und auch ich schaue ihm nun herausfordernd entgegen, bereit aufzuspringen: Wage es nicht!

Sofort verschwindet sein Smartphone in der Jackentasche, doch bevor ich seine Gesichtszüge wirklich wahrnehmen kann, wendet er seinen Kopf ruckartig weg von mir und hat bereits die Metro durch die offene Tür hinter meiner Sitzgruppe mit einem großen Sprung verlassen.

Puh! Nur langsam entweicht die Anspannung aus mir, als die Türen zischend zuklappen und sich der Zug wieder in Bewegung setzt.

»Kann schon sein, dass dich der Kerl ausgecheckt hat«, sagt Eva später, als wir an dem großen Arbeitstisch im Studio sitzen. Sie pustet über den heiß dampfenden Kaffee in ihrer Lieblingstasse und öffnet einen Ordner mit meinen Aufnahmen auf ihrem Mac-Book.

»Schau mal, wie viele Fotos wir inzwischen schon von dir eingestellt haben. Und witzig, hier sind ja sogar welche mit dieser Kombination, die du heute trägst! Die ist schon sehr auffällig, oder? Aber das wäre doch ein viel zu großer Zufall…«

Beruhigend streicht mir Eva über die Beine und zupft dabei nachdenklich an den Rosen-Tattoos herum, die in das hauchdünne Nylongewebe auf den Oberschenkeln eingestickt sind.

Sofort flutet eine unfassbare Menge an Endorphinen bei ihren zarten Berührungen meinen ganzen Körper. Mach weiter, rauscht es wild durch meinen Kopf. Oder formen bereits meine Lippen diese unmissverständliche Aufforderung?

»Überleg mal, wie viele Tausend dieses Bild über meinen Account gesehen haben!« Evas nüchterne Analyse holt mich unbarmherzig in die Gegenwart zurück.

»Und wie viele über den Link von mir auf Natalias Seite gekommen sind, weil es ja um ihren schönen Rock geht, den du trägst.«

Der hier aber kaum zu sehen ist, denke ich, weil ich den Rocksaum so weit nach oben ziehe, bis jedem klar sein dürfte, dass ich darunter bis auf diese Strumpfhose nichts trage. Natürlich hatte Eva die Aufnahme so gewählt, dass intime Details schon gar nicht zu sehen sind.

»Pornografie fliegt sofort raus, da will ich ja auch gar nicht mein Business riskieren«, hatte sie mal erklärt, aber im Prinzip reiche doch bereits der Reiz einer frivolen Andeutung: »Das fixt doch viel mehr an als ein Close-up deiner Schamlippen!«, hatte sie mir damals ganz unverblümt ihre Taktik zusammengefasst, um auf hohe

Klickzahlen und möglichst viele Follower zu kommen, die schließlich für Umsatz bei ihr sorgen.

»Spielen wir weiter Detective Kate Beckett, meine Süße«, doziert Eva aus ihrer momentanen Lieblingsserie »Castle« unverdrossen weiter.

»Jetzt könnte tatsächlich jemand darauf kommen, dass unser hinreißend verführerisches Model irgendwas mit der Schneiderin zu tun hat, auf die wir doch stets verlinken. Und wo Natalias Atelier zu finden ist, das ist logischerweise wieder auf ihrem Account angegeben. Ach Gott, meine kleine, sonst so mutige Laura, jetzt fürchtest du dich doch nicht vor deiner eigenen Courage?«

Nur mit halbem Ohr habe ich ihren Ausführungen zugehört. Sehr viel mehr genieße ich den Moment, als sie tröstend den Arm um mich legt und meinen Kopf an ihren zieht, ihre Lippen kleine Küsse auf meinen Haaren verteilen und ihre Fingernägel zärtlich über meinen Rücken gleiten.

Der vermeintliche Stalker war mittlerweile nach weiß Gott wo verschwunden.

Eigentlich scheine ich ihm inzwischen fast dankbar zu sein, dass ich durch sein dämliches Verhalten vorhin in der Metro nun auf Wolke sieben schweben darf und unendlich viele Glückshormone in meinem Kopf, aber auch viel weiter unten gerade Tango tanzen. Erst Evas lachende Stimme holt mich nach einer gefühlt halben Ewigkeit auf den nackten Betonboden ihres Studios zurück. »Erde an Laura, hörst du mich? Machen wir

trotzdem weiter?« Ich nicke immer noch reichlich verträumt: »Klar machen wir weiter!«

♣

Zwei Stunden später sitzen wir wieder am Tisch, und ich
schaue zu, wie Eva die Aufnahmen routiniert sortiert.

»Du hast es heute irgendwie anders gemacht«, sagt
sie, ohne mich dabei anzublicken.

»Ich weiß nicht warum, aber von den letzten Aufnahmen würde ich fast gar keine einstellen wollen. Das ist
mir doch schon viel zu intim und auch sehr persönlich
geworden. Fast kommt es mir vor, als würdest du…«

Langsam dreht sie sich zu mir um und schaut mich
wie aus allen Wolken fallend mit leicht geöffnetem
Mund erstaunt an.

Ich habe aus der letzten Einstellung nur noch den sei-
denen Kimono aus Natalias Kollektion übergeworfen
und trage dazu nichts weiter als die mit japanischen
Schriftzeichen verzierten Strümpfe. Die goldglitzernden
Plateau-Heels liegen irgendwo hinten im Studio vor der
Leinwand, die eine Streetlife-Szene aus Tokios Vergnü-
gungsviertel Shinjuku zeigt, die Eva einst höchstpersön-
lich bei einem ihrer häufigen Asien-Trips fotografiert hat.

Was mag da wohl auf den Stoff der Nylons eingestickt
sein: Nimm mich?

Bedächtig ziehe ich die Stäbchen heraus, mit denen
mir Eva die Haare hochgesteckt hat und lasse sie einfach
zu Boden fallen. Langsam strecke ich meine Arme durch

und verschränke sie hinter meinem Rücken, so dass der Kimono weit aufklaffen kann.

Ich spüre, wie sich meine Brustwarzen vor lauter Erregung versteifen und habe nur noch einen Gedanken: Küss mich endlich, Dummerchen!

Dann höre ich, wie sich ein Schlüssel im Schloss dreht und die Tür des Studios auffliegt.

Ein Mann mit blond verwuschelten Haaren, in verwaschener Jeans und ausgeleiertem T-Shirt, darüber ein offenes Flanellhemd, Marke Holzfäller, stürmt herein.

»Hi Herzblatt, lass dich nicht stören, ich habe die Stative für die Blitze vergessen, ist mir natürlich erst vor Ort aufgefallen, puh, das wird jetzt eine knappe Kiste, der Kunde ist schon etwas verärgert, aber egal, das biege ich noch hin.«

Er zieht, ohne uns zunächst weiter zu beachten, einen schwarzen Koffer aus dem Regal direkt neben der Tür und steht kurz darauf am Tisch, an dem ich mit puterrotem Gesicht den Kimono sehr hastig verschlossen habe und ihn nun krampfhaft am Hals und im Schritt zuhalte.

»Hi, ich bin Paul«, sagt er freundlich nickend in meine Richtung, »sorry für den Überfall, bin auch gleich wieder weg.«

Schon ist er bei Eva und umfasst ihr Gesicht mit beiden Händen, um ihr einen intensiven Kuss auf den Mund zu drücken.

Ich sehe, wie auch sie ihn eng umschlingt und mit gleicher Leidenschaft den Kuss erwidert, während sie ihm neckisch durch die Haare fährt – und habe plötzlich einen mächtigen Kloß im Hals.

»Nun muss ich aber schleunigst los, Kleines, der Kunde macht mir sonst echt die Hölle heiß.«

Sein Blick streift Evas Laptop.

»Wow, das sind ja super Bilder, tolle Szene, sehr gut umgesetzt. Darf ich Ihnen sagen, dass Sie nicht nur fantastisch aussehen, sondern das auch absolut professionell machen? Eva ist echt begeistert von Ihnen, und jetzt, wo ich Sie einmal persönlich treffe, kann ich das hundertprozentig verstehen.«

Sprachlos schaue ich in seine fröhlich funkelnden, tiefblauen Augen und möchte vor lauter Peinlichkeit am liebsten im Boden versinken, gleichzeitig bemüht darum, den Kimono noch enger um meine Nacktheit zu schlingen und die aufreizend bestrumpften Beine bestmöglich vor seinem Anblick zu verbergen.

»Danke«, stammle ich piepsig wie kleines Schulmädchen los und es klingt so, als wäre es zum ersten Mal beim Schummeln erwischt worden, »schön Sie kennenzulernen, Paul!«

Hilflos geht mein Blick zu Eva, die sich die Szene amüsiert anschaut.

»Ich glaube, du solltest los, bevor sich dein Kunde aus dem Staub macht und es hier zu einer peinlichen Situation kommt. Denn die liebe Laura hat nichts darunter an, du Stoffel!« Paul grinst anzüglich in meine Richtung. »Bin schon weg, Süße«, und drückt ihr einen Kuss auf die

Lippen. »Wir sehen uns heute Abend? Spaghetti? Carbonara?«

»Uuuuunbedingt«, singt Eva ihm liebevoll hinterher, »einen ganzen Teller voll! Mit extra vieeeel Parmesan!«

»Upps, ich müsste jetzt auch schon los, ich habe doch meiner Tochter versprochen, mit ihr noch die Aufgaben für die Französisch-Klausur durchzugehen«, presse ich nun auch, krampfhaft nach einem Ausweg suchend, hervor und flüchte mich mit schnellen Trippelschritten verschämt hinter den Paravent. Zum Glück brummt gerade Evas Smartphone auf dem Tisch.

Mit mulmigem Gefühl streife ich die Nylons ab und hänge Natalias Kimono wieder an den Bügel zurück.

Was bin ich nur für eine Idiotin, denke ich, als ich in meine Unterwäsche schlüpfe und eilig die restlichen Klamotten zusammensuche. Was habe ich nur erwartet? Dass Eva einfach so über mich herfällt? Sie weiß doch, dass ich verheiratet bin und eine Familie habe.

Und will ich überhaupt von ihr angebaggert werden? Von einer Frau…?

Ein großes Unbehagen ergreift von mir Besitz, während ich gerade meine Bluse zuknöpfe und Eva hinter dem Paravent erscheint.

»Toktoktok, darf ich reinkommen?«, fragt sie vorsichtig. »Natürlich«, antworte ich gepresst.

»Alles okay bei dir, Süße?«

»Ja«, erwidere ich und versuche dabei möglichst überzeugend zu klingen, »klar ist alles okay!« Aber meine Stimme muss nach dem genauen Gegenteil klingen.

Denn genauso scheint das auch bei Eva anzukommen, die plötzlich ihren Zeigefinger unter mein Kinn legt und zärtlich meinen Kopf nach oben drückt.

»Ich finde, das war ein echt toller Tag. Wirklich! Wir haben wunderschöne Aufnahmen gemacht und hatten zudem auch eine Menge Spaß dabei, oder?«

»Ja, mag sein«, versuche ich ihr auszuweichen, »vielleicht hat mich nur diese Sache mit dem Typen in der Metro aus dem Konzept gebracht. Kann sein, dass dich das vorhin verwundert hat, als wir durch die Fotos gegangen sind.«

»Schon möglich«, murmelt sie leise und schaut mir nachdenklich in die Augen. »Das könnte wirklich so sein, dass du dich durch das Shooting davon befreien wolltest. Den hohlen Jungs auf dieser Welt gehörig in die Eier treten. So wie wir starken Frauen das machen müssen.« Sie legt eine kurze Pause ein, bevor sie dann bedächtig nickt: »Ja, glauben wir es mal, dass es das gewesen ist!«

Ihre Hand streicht eine Haarsträhne aus meinem Gesicht. »Machen wir zwei trotzdem weiter?«, raunt sie mir leise ins Ohr und dazu in einem Ton, der auch bei mir die Zweideutigkeit ihrer Frage ankommen lässt.

»Ja, natürlich«, stoße ich heraus, während sie mir einen sehr, sehr langen Kuss auf die Wange drückt, durch den sich meine Unsicherheit in tausend kleinen Explosionen auflöst. »Wie könnte ich jetzt aufhören wollen?«

»Das ist doch gut«, antwortet nun aber Eva überraschend trocken. »Denn das war gerade Natalia am Telefon. Sie hat ein wunderschönes Cape für den Herbst gemacht. Das würde ich aber Outdoor fotografieren. Wie bei den Gilmore Girls. Nur mit mehr Sexappeal als bei Lorelai und Luke und natürlich mitten in der Stadt!«

Ihre Augen beginnen frech zu strahlen. »Überlege es dir aber erst einmal ganz in Ruhe. Dazu solltest du echt bereit sein!«

»Okay«, sage ich zögerlich und merke, dass mich die Ereignisse dieses Tages doch zu sehr aufgewühlt haben, »dann überlege ich mir alles noch einmal in Ruhe und gebe dir halt später Bescheid!«

Ich steige in der Stadtmitte wieder aus der Metro und fahre mit der Rolltreppe aus dem Untergrund mitten hinein in einen wunderschönen Spätsommerabend.

Glückliche Pärchen sitzen engumschlungen auf Parkbänken oder prosten sich verliebt wie vertraut auf romantisch illuminierten Terrassen der vielen Lokale zu. Genauso kitschig wie in Stars Hollow, schießt es mir durch den Kopf, während ich diesen schrillen Tag in Evas Studio Revue passieren lasse.

Wieder ergreift mich die Unsicherheit.

Ich denke an mein Zuhause, an meinen Mann, an unser Leben, an unsere Leidenschaft, aber auch daran, wie viel davon inzwischen auf der Strecke geblieben ist.

Habe ich mich nur deshalb zu dieser Anmache hinreißen lassen?

Und musste mich dann wie eine kleine törichte Teenagerin fühlen, als dieser Paul erschien und sich seine Eva schnappte!

»Habe Heike in der Stadt getroffen, wir trinken noch was, wartet nicht mit dem Essen«, tippe ich in unseren Familienchat.

»Okay«, schreibt mein Mann zurück, »sag Grüße!«

Mein Sohn schickt einen Daumen hoch, meine Tochter nichts. Ziellos lasse ich mich durch das Straßengewirr treiben, schaue in die vielen fröhlichen Gesichter, die mir entgegenkommen und betrachte die vielen bunten Schaufenster, doch ich sehe nichts.

War ich früher nicht etliche Male mit meinem Mann in dieser Bar? Das muss Jahre her sein, ach was, vielleicht schon weit mehr als ein Jahrzehnt. Plötzlich finde ich mich auf einem Barhocker an der Theke wieder. Die Einrichtung hat sich kaum verändert. Auch die vielen Gesichter an den Tischen scheinen gleich junggeblieben zu sein. Oder ist nur meins, das mir gerade traurig aus dem großen Spiegel hinter dem Tresen entgegenblickt, so viel älter geworden?

»Einen Cocktail für die schöne Lady?«, reißt mich der Barkeeper nonchalant grinsend aus meiner Rückblende zurück in die Gegenwart.

»Gerne doch, Sie Charmeur. Einen Wodka-Martini bitte!«

♣

Leise schleiche ich die Treppe nach oben und höre aus dem Schlafzimmer die tiefen Atemzüge meines schlafenden Mannes. Ich ziehe mich nackt aus und schmiege mich eng an ihn, doch eigentlich ist mir nicht nach Kuscheln. Dazu waren es mindestens zwei, nein, vier Cocktails zu viel!

Meine Hand fährt über seine Pyjamahose und sofort spüre ich, wie das Blut in seinen Penis schießt.

Na also, da geht doch was, kichere ich angetörnt in mich hinein.

Schlaftrunken fragt seine Stimme: »Wie spät?«

»Pssst«, flüstere ich leise, während ich ihm meinen Finger auf den Mund lege und über seine Brust bereits küssend nach unten gleite, »viel, viel zu spät!«

Schon habe ich ihm die Hose abgestreift und nehme sein immer steifer werdendes Glied zwischen meine Lippen, schiebe die Vorhaut zurück und umspiele seine Spitze mit meiner Zunge. Nun ist er voll da!

Seine Hände wollen bestimmend nach meinem Kopf greifen, doch schon halte ich selbst sie fest umklammert, während ich nun weiter den Rhythmus bestimme und seinen inzwischen knallharten Penis zwischen meinen eng zusammengepressten Lippen saugend und immer schneller auf und ab fahren lasse, bis ich schließlich ein leises, mir bestens bekanntes Schnaufen vernehme.

Doch noch bin ich nicht bereit, ihn bereits und vor mir kommen zu lassen. Jetzt bin ich an der Reihe, denke ich trotzig und breche das Vorspiel schlagartig ab.

Bevor er überhaupt reagieren kann, sitze ich auf seinen Beinen und halte sein bestes Stück fest in meiner Hand, um es mit ebenso festem Druck gegen meinen Unterleib zu pressen. Oh ja, das tut gut. Das tut so gut!

Alle Anspannung, aller Frust fällt ab, während ich, immer lauter keuchend, sein Glied auf meinen inzwischen klatschnassen Schamlippen hoch und runter gleiten lasse. Unaufhaltsam breitet sich mein Höhepunkt in jeder Faser meines Körpers aus. Mit einem letzten tiefen wie lauten Stöhnen kann ich mich schließlich vollends gehen lassen.

Erst jetzt bin ich bereit, auch meinem Mann noch sein Recht zuzugestehen. Ich denke an den Augenblick, in dem Evas Paul die Tür vom Studio aufreißt, und lasse seinen prall erigierten Penis, während ich weiterhin auf ihm sitze, in mich hineinflutschen. Dann stoße ich mit einigen kurzen Schüben so hart und unerbittlich zu, bis auch er sich tief in mir ergießen kann.

Erschöpft – aber auch noch vom vielen Alkohol leicht benommen – drehe ich mich zufrieden zur Seite, während sich mein Mann von hinten an mich robbt.

»Ich mag es, wenn du dir nimmst, was du willst«, murmelt er schläfrig. »Hattest du einen schönen Abend mit Heike?«

Heike!

»Ja, auch«, flüstere ich, »aber eigentlich war der ganze Tag schön. Und stimmt, ich wollte ihr doch noch schreiben, dass ich gut zuhause angekommen bin.«

Auf Zehenspitzen schleiche ich mich nackt in die Küche, während sein Sperma zäh und klebrig an meinen Beinen herunterrinnt. Ich krame mein Handy aus der Tasche und öffne den Chat mit Eva.

»Ja, bin bereit!«, tippe ich und setze, als wohl kleine Nachwirkung meiner ganz persönlichen Cocktailparty, eine ganze Reihe an Kussmündern, Herzchen und noch viel mehr Ausrufezeichen hinter die Nachricht.

SECHS

Unschlüssig stehe ich hinter dem Paravent und lasse meine Augen über die Auswahl gleiten. Was nur untendrunter anziehen? Mein Blick fällt auf das elegante schwarze Cape, welches Natalia wie eine fürstliche Robe gestaltet hat. Eigentlich…

Ich höre Eva aus der Tiefe des Studios rufen: »Brauchst du noch lange? Wir müssten langsam echt los, das Licht da draußen ist gerade so wunderbar!«

Vor drei Tagen hatte sie mir die Nachricht geschickt: »Donnerstag, nur Sonnenschein. Passt für dich?«

»Ja!«, habe ich nur kurz geantwortet, garniert mit einem lachenden Smiley.

Trotzdem ist meine Anspannung seitdem deutlich gestiegen. Zum ersten Mal heraus aus den schützenden Wänden des Studios, mitten in die Stadt, posieren in aller Öffentlichkeit und natürlich, so wie Eva es gefordert hat,

»in unserem Stil, Süße!« Was bedeutet, dass sie keine Fotos für den Aldi-Prospekt machen möchte.

»Lauraaaaa«, ruft sie drängelnd und zieht das A so lang wie ihren Kaugummi, auf den sie während ihrer Shootings nie verzichten kann.

»Momeeeentchen«, singe ich zurück, »bin gleich so weit!«

Entschlossen wühle ich mich nochmals durch den großen Karton mit den vielen Strumpfwaren aller Art. Da war mir doch vorhin etwas ins Auge gefallen. Endlich halte ich das schmale Kuvert in der Hand. Meine Erregung wächst: Ob es mir genauso wie dem wunderschönen Model auf dem Bild stehen wird? »Laura, jetzt mach schon«, drängelt Eva inzwischen sehr energisch.

»Fünf Minuten«, versuche ich sie zu beruhigen, »aber jetzt echte fünf, versprochen!« Dann reiße ich die knisternde Verpackung auf.

Kurz darauf wage ich einen Blick in den Spiegel und zupfe das engmaschige und sehr elastische Gewebe an den entscheidenden Stellen noch etwas zurecht. Oh mein Gott, sieht das verboten gut aus, schießt es mir heiß durch den Kopf und noch dazu auch in so manch andere Körperregion.

Voll prickelnder Lust schlüpfe ich schließlich in ein Paar hochhackiger, aber sehr klassischer Pumps und streife mir Natalias Cape wie einen schützenden Kokon über meine Schultern. Das rote Satinfutter fühlt sich herrlich an auf meiner größtenteils nackten Haut.

»Wow«, sagt Eva wie so oft, als ich hinter dem Paravent hervortrete, ach was, herausschreite. Und noch einmal wiederholt sie anerkennend: »Wow, das Warten hat sich jetzt aber für die kleine Eva gelohnt!«

Sie geht langsam auf mich zu, nimmt meine Hände in ihre und tritt wie bei unserem ersten Zusammentreffen im Studio einen Schritt zurück. »Du siehst atemberaubend aus! Himmlisch! Verführerisch! Da muss ich jetzt doppelt und dreifach aufpassen, dass dir da draußen keiner zu nahekommt.«

»Es ist ja Natalias Werk«, versuche ich mit schwachem Protest einzuwerfen.

»Das auch!« Eva grinst diabolisch und funkelt mich wie schon so oft mit diesen unverschämt blitzenden Augen an, die wieder weitere Explosionen in mir auslösen. »Und dazu, was man von dir zu sehen bekommt!«

Ihr Blick wandert über meine vom Knie abwärts freien Beine. »Und was du da drunter trägst, sieht vielversprechend aus! Die Fotos werden der Knaller!«

Nachdenklich begutachtet sie mein Schuhwerk, um dann einen Karton vom Paketstapel neben ihrem Arbeitstisch zu nehmen.

»Schlüpf mal in die hier, die habe ich gerade erst zugeschickt bekommen. Dann haben wir die auch gleich fotografiert. Du weißt ja, zwei Fliegen, eine Klappe, ähh, ein Klick!«

Neugierig hebe ich den Deckel an.

»Genau deine Größe und dass du darin gehen kannst, weiß ich ja«, grinst sie süffisant, »aber die rote Sohle, zusammen mit deinen Nylons: Mehr Sexappeal dürfte auf kein Bild passen!«

»Peeptoes, offene Fersen und Netzstrümpfe? Das geht doch stilistisch überhaupt nicht«, wage ich zu protestieren. »Peeptoes, offene Fersen und Netzstrümpfe hat schon die Monroe getragen, meine Liebe!«, kontert Eva und deutet auf eine Schwarzweißaufnahme der Filmdiva, die zwischen vielen anderen Fotoklassikern mit einem Magneten befestigt am Kühlschrank klebt.

Zweifelnd schaue ich auf die hohen Stiletto-Absätze. »Das wird aber heute kein leichter Spaziergang werden«, werfe ich zögernd ein. »Bin ich die Insta-Expertin oder bin ich es nicht«, fragt Eva und gibt mir einen flüchtigen Kuss auf die Nase. »Und wer weiß, wie ich dich dann später für deine Mühen belohnen kann«, lacht sie augenzwinkernd. »Also, Miss Laura, bitte einmal zum Pärchentausch. Und dann ist aber höchste Eisenbahn, dass wir gleich noch die nächste Metro bekommen. Rennen wirst du ja nicht können,« feixt sie mich abschließend an.

Auf dem Weg bekomme ich die letzten Instruktionen. »Mach nur das, wozu du bereit bist. Ich bin die ganze Zeit in deiner Nähe und achte auf dich, egal was passiert, hörst du? Und keine Angst, falls der Stalker wieder auftaucht: Der wird seine Abreibung schon bekommen!«

Wie ihre gelehrige Schülerin höre ich mich brav ja, ja, und nochmals ja sagen.

»Ich habe nur diese kleine Kamera dabei, die erregt kaum Aufmerksamkeit, macht aber irre Aufnahmen«, erklärt sie mir ihre Strategie. »Hast du dein Handy griffbereit? Ich fange schon im Zug mit den ersten Motiven an und so kann ich dich unauffällig dirigieren. Ich steige weiter hinten ein. Du suchst dir am besten hier vorne schon mal einen freien Platz. Aufgeregt?«

»Wie an Heiligabend kurz vor der Bescherung!«, sage ich mit wild pochendem Herzen. »Ich könnte platzen!«

Eva haucht mir einen Kuss auf die Wange. »Ich auch«, zwinkert sie mir aufmunternd zu, »aber keine Sorge, du kannst das! Ach, und setz deine Sonnenbrille auch schon im Zug auf. Das schützt dich vor Blicken und macht es dir bei den Posen leichter!«

Der Zug steht an der Endhaltestelle bereit. Abfahrt in zwei Minuten, verkündet die Anzeige am Bahnsteig. Ich gehe durch den ewig langen Waggon, in dem sich, wie üblich weit draußen im Industriegebiet, bislang nur sehr wenige Passagiere verteilt haben. Stumm starren die meisten auf ihre Handys oder rascheln müde durch zerlesene Zeitungen.

Das harte Klicken meiner ultradünnen Absätze lässt allerdings schon den ein oder anderen Kopf interessiert heben, wie ich nervös registrieren muss.

Ob das alles gut geht?

Oder peinlich wird?

Ob Eva schon abgedrückt hat?

Angespannt setze ich mich auf einen Platz am Gang, so dass ich den ganzen Zug gut überblicken kann. Gleich darauf vibriert mein Handy: »Bereit?«

»Ja«, tippe ich zurück, als im gleichen Moment die Türen zuklappen und die Metro losrollt.

Ein paar Sitzgruppen entfernt hält Eva die Kamera unauffällig im Anschlag. Sie scheint die Einstellungen nur über das ausgeklappte Display zu kontrollieren. »Mehr Bein«, sagt das nächste Brummen meines Handys.

Noch ist es schön leer im Zug. Mit provokant überschlagenen Beinen lasse ich meinen rechten Fuß sehr, sehr weit in den Gang hineinragen. Wie von selbst gleitet dabei der Mantel von meinem Knie, so dass kaum noch eine Handbreit meiner Oberschenkel bedeckt ist.

Das Telefon brummt erneut: »Du Teufelchen!«, gefolgt von ein paar lodernden Flammen.

Ich blicke zu Eva, die mir einen zarten Kussmund zuhaucht und dazu liebevoll mit den Augen klimpert. Je näher wir ins Zentrum kommen, umso mehr Menschen drängen sich an den schnell aufeinanderfolgenden Stationen in den Zug. Noch aber bleiben die Plätze meiner Sitzgruppe unbesetzt. Dennoch wächst meine Anspannung merklich, und trotz des kühlen Satinfutters wird mir in Natalias Cape auch immer wärmer.

Meine Hand gleitet unter die versteckte Knopfleiste. Unauffällig scanne ich die Umgebung ab, keiner scheint zu gucken. Mit einem Griff lasse ich das Cape über meinem Busen weit aufklappen. Wieder brummt mein Telefon: »Mehr davon!« Dazu grinsen mich drei kleine Teufelchen böse an.

Fragend geht mein Blick in Evas Richtung, die aber nur fordernd die Augenbrauen hebt. Ihre stumme Botschaft ist eindeutig: Los, zeig mir alles! Doch genau in dem Moment, als ich ihrem Wunsch nachkommen möchte, drängt sich ein etwa gleichaltriges Pärchen in meine Sitzgruppe und nimmt schnaufend gegenüber von mir Platz. Jetzt nur keine falsche Bewegung machen, denke ich und umklammere nervös das Revers, sonst klappt das Cape wie von selbst auf. Und zwar komplett!

Die beiden Zugestiegenen haben aber bereits beim Anblick meiner kaum noch bedeckten Beine und der hohen Absätze Stilaugen bekommen. Durch den Schutz der Sonnenbrille kann ich den mich abfällig musternden Blick der Frau verfolgen, der in gewissen Abständen aus ihrem Stadtführer in meine Richtung wandert.

Ihr Begleiter hat hingegen seine Sehenswürdigkeit schon gefunden: Immer offensichtlicher gleiten seine Augen von meinen (zugegeben perfekt pedikürten und fein lackierten) Zehen über meine Beine hin zum Aufschlag des Capes, in den sie förmlich hineinzukriechen scheinen.

Langsam verstehe ich, was Eva unter explodierenden Klickzahlen versteht. Denn der Kerl dürfte auch gleich explodieren, wenn ich die hektischen roten Flecken in seinem Gesicht richtig deute.

Gott sei Dank brummt in diesem Augenblick mein Handy: »Nächste raus?«

»Unbedingt!!!«, tippe ich erleichtert zurück.

»Zeigst du mir noch was?«

Ich schaue auf mein gaffendes Pärchen, dann wieder auf Eva, die einen kleinen Schmollmund zieht, und beschließe, wie beim Aufeinandertreffen mit Frau Schäfer in Natalias Atelier auf Angriff zu schalten. Sollen sie doch ein Sightseeing bekommen, an das sie noch in einem Jahrzehnt denken werden.

Ich schiebe die Sonnenbrille in die Haare und setze mein charmantestes Lächeln auf, während mein Blick mit hochgezogenen Augenbrauen zwischen beiden hin und her wandert. Es funktioniert. Peinlich ertappt wenden sich die beiden Gaffenden von mir ab.

Mit surrenden Bremsen rollt die Metro in die nächste Haltestelle ein. Betont langsam erhebe ich mich aus meinem Sitz und lasse dabei wie zufällig das Cape am Revers los. Am fassungslosen Blick der Frau erkennte ich, dass sie für den Bruchteil einer Sekunde anscheinend alles von mir zu sehen bekommen hat.

Zufrieden über meine kleine Schandtat schließe ich nun wieder züchtig die Knopfleiste und verlasse mit spöttischem Grinsen und einem fröhlichen »Auf Wiedersehen!« die Sitzgruppe. Wie auf einem Catwalk steuere ich durch den Gang schnurstracks auf Eva zu, die sich mit der Kamera an der hintersten Tür des Waggons positioniert hat. Der Zug hält genau in dem Moment, als ich direkt vor ihr stehe.

»Schnell, raus jetzt!«, höre ich sie raunen und spüre, wie sie mich durch die offene Tür förmlich nach draußen schubst.

»Das ist ja irre, wie abgebrüht bist du?«, tuschelt sie mir aufgeregt ins Ohr, als wir uns in einer ruhigen Ecke auf eine Bank setzen. Nun merke ich, dass mich ein leichtes Unbehagen erfasst. »Bin ich doch zu weit gegangen?«, frage ich nervös zurück. »Niemals, meine Süße, es war perfekt dosiert. Du hast es eiskalt wie ein Profi durchgezogen,« beruhigt mich Eva und fasst mir aufmunternd an die Schultern.

»Außer mir hat keiner zu viel zu sehen bekommen. Es gab nicht einen Moment, der dir peinlich sein müsste. Oder in dem du dich bloßgestellt hast.«

»Nur bei dem Touri-Pärchen!«, werfe ich noch etwas unsicher grinsend ein.

»Dann haben sie nun ganz exklusiv und gratis obendrein die beste Sehenswürdigkeit unserer Stadt zu Gesicht bekommen«, lacht Eva lauthals los und knufft mich so lange in die Seite, bis sich auch bei mir die Anspannung löst und ich etwas befreiter losprusten kann.

Gemeinsam scrollen wir durch die Aufnahmen.

»Perfekt«, sagt Eva und deutet auf ein Bild, welches meine Beine von hinten bis hoch zu meinen Pobacken zeigt. Puh, ich atme kurz durch: Dass Natalia ihr Cape so lang geschlitzt hat, hätte ich mir auch denken können!

»Ganz schön biestig, dass du mich nicht vorgewarnt hast, wie wenig du drunter trägst! Also dass du quasi nichts trägst! Keinen BH, kein Höschen, nur diesen Catsuit?« Fragend kuschelt sich Eva eng an mich.

»Ja«, zwinkere ich kess zurück, »magst du dich noch mal vergewissern?«

»Darf ich? Wirklich?«, schmachtet sie mich mit betont aufreizender Stimme an, spielt mit ihren Fingern zunächst ein wenig am Revers meines Capes herum, bevor sie es langsam aufknöpft und verstohlen reingreift. »Wahnsinn«, murmelt sie, während ihre Finger dem grobmaschigen Gewebe folgen, das meinen Körper nicht einmal ansatzweise bedeckt, »nach wem wirft denn meine süße Fischersfrau gerade ihr Netz aus?«

Ihre Frage klingt so, als wüsste sie die Antwort längst. Lustvoll genieße ich jede ihrer Berührungen auf meiner mehr oder minder nackten Haut und muss mir sachte auf die Lippen beißen, als ihre Hand bereits sehr entschlossen über meinen Bauch streicht und sich mit kreisenden Bewegungen weiter zu meinem Busen tastet, während direkt um uns herum ununterbrochen Passanten und Pendler zu den Bahnsteigen hasten, ohne Notiz von uns zu nehmen.

Oder etwa doch?

Selbst wenn sie es täten: Es scheint Eva genau wie mir selbst in diesem Augenblick vollkommen egal zu sein.

»Komm!«, sage ich und bin selbst von der Kraft in meiner Stimme erstaunt: »Dann erfährst du es.«

Lachend ziehe ich ihre Hand aus meinem Ausschnitt und marschiere, untermalt vom harten Klackern meiner bleistiftdünnen Absätze, auf die Rolltreppe zu.

»Kommst du endlich?«, rufe ich, während ich mich um meine eigene Achse drehe und dabei das weiterhin offene Cape einmal mehr – dieses Mal aber nur für sie – für den Bruchteil einer Sekunde weit aufklaffen lasse.

»Du willst doch das wunderschöne Licht da draußen ausnutzen!«

»Ich kann nicht mehr laufen«, stöhne ich Stunden später, nachdem wir im Zickzack fast die halbe Innenstadt nach stillen Ecken erkundet haben. Erschöpft setze ich mich auf die breite Balustrade am Uferweg und lasse endlich meine Beine baumeln.

»So bleiben, mein tapferes Topmodel«, kommandiert Eva und hat schon die Kamera im Anschlag. »Das sieht doch auch wieder umwerfend aus.«

Sie macht ein paar Bilder aus der Totalen, bevor sie vor mir in die Hocke geht, um nur meine Schuhe in den Fokus zu nehmen. »Dieses schicke Pärchen wollen wir doch nicht vergessen, die brauchen auch ihren Auftritt! Und obendrein ist es noch ein herrlich anregendes Detail von Ihnen, Miss Laura!«

Sie grinst mich neckisch an: »Soll ich dich wieder fit machen?«

Schon gleiten ihre Hände an meinen Waden herunter und umfassen mit sanftem Druck meine Fesseln. Angeregt schließe ich die Augen und spüre, wie ihre langen Fingernägel sachte über meine Fersen streichen, um dann ganz langsam der dünnen Naht des Netzgewebes an meinen Zehenspitzen entlangzufahren.

»Oder brauchen wir etwa eine kleine Fußmassage?« Ich fühle, wie mich heiße Blitze durchzucken.

Meine Hand greift nach einer ihrer Haarsträhnen, die Eva neckisch ins Gesicht hängen. Langsam lasse ich sie durch meine Finger gleiten. »Warum nicht?«, lächele ich lustvoll zurück. »Mein Mann ist noch nie auf einen solchen Gedanken gekommen.«

»Ja, ja, unsere Männer«, sagt Eva sinnierend, »sag mal, arbeitet deiner nicht hier irgendwo in der Nähe?«

»Klar«, antworte ich stockend, während mir schlagartig bewusst wird, dass ich gerade sehr, sehr gefährlich mit offenem Feuer hantiere. Wenn er jetzt hier um die Ecke biegen würde, während ich in diesem Outfit...? Ich will mir die Situation gar nicht näher ausmalen.

»Komm«, reißt mich Eva aus meiner Beklemmung, »ein Motiv fehlt mir noch. Das machen wir gleich hier vorne im Stadtpark. Danach gönnen wir uns einen Kaffee bei Natalia, von da ist es ja nicht mehr weit. Und vielleicht hat sie ja etwas Bequemeres für deine süßen Füßchen!«

Mit einem kleinen Ruck zieht sie mich die breiten Marmortreppen hoch in Richtung Stadtpark, aus dem gerade Scharen von Büromenschen in grauen Anzügen und ebenso grauen Business-Kostümchen von ihrer späten Mittagspause zurück in die vielen Bürotürme strömen.

Nicht wenige Blicke gaffen unverhohlen das ungleiche Pärchen an, welches ihnen entgegenkommt: Eva in ihrem lässigen Cardigan, mit Leder-Leggings und in ihren heißgeliebten Chucks, dazu mit großer Umhängetasche und kleiner Kamera bewaffnet. Ich hingegen auf den Zwölfzentimeter-Stilettos und divenhaft in Natalias Cape gehüllt, aus dem bei jedem meiner Schritte sehr, sehr viel netzumhülltes Bein zu sehen ist.

Eva scheint die anzüglichen Blicke der Passanten vollkommen zu ignorieren. »Da vorne, an der Engelsstatue, da machen wir noch etwas, wenn es ruhiger geworden ist«, ruft sie und will mich schon weiterziehen, als es mich plötzlich siedend heiß durchfährt: Tatsächlich, da hinten, eine Vierergruppe und mittendrin mein Mann, der uns mit zwei seiner Kolleginnen direkt entgegenkommt! Und ausgerechnet ist auch noch der nervige Klaus-Peter Gerlinger dabei. Der mich reichlich angetrunken auf der vorvorletzten Firmenparty ganz schön plump von der Seite angebaggert hat!

Noch aber hat Thomas mich nicht gesehen, ist zu sehr ins Gespräch vertieft, doch wir steuern unausweichlich aufeinander zu!

In meinem Outfit, mit der ihm unbekannten Eva an meiner Seite, mein überraschter Mann, bestimmt peinlich berührt, der sabbernde Gerlinger, die Reaktion der Kolleginnen: Ich mag mir nicht vorstellen, was in nur wenigen Augenblicken alles passieren wird.

So oder so: Mein Leben wird ein Scherbenhaufen sein!

»Verdammt, ich fasse es nicht! Tatsächlich, mein Mann!«, zische ich Eva zu, die sich bei mir eingehakt hat. »Mist! Wenn wir uns jetzt so begegnen!«

Mit unfassbarer Coolness dreht sich Eva sofort hin zu der barocken Engelsfigur, die ein paar Schritte vom Weg entfernt auf der Wiese steht, und zieht mich, fest an der Hand haltend, hinter sich her. Bereits im nächsten Augenblick lehnt sie an der Säule und umschlingt mich von vorne mit ihren beiden Armen. »Stillhalten und einfach nur mitspielen!« Wie ein Vorhang verdecken ihre Haare mein Gesicht, und ganz sachte berühren ihre Lippen plötzlich die meinen.

Nicht weit entfernt höre ich in meinem Rücken bereits die sonore Stimme meines Mannes, die gerade über irgendeinen wichtigen internationalen Transfer-Vorgang referiert, immer näherkommen. Wahrscheinlich nur, um diese zwei Hühner zu beeindrucken, denke ich genervt wie auch leicht eifersüchtig.

Mein Atem stockt, als er kurz verstummt und ich nur noch auf den erstaunten Ausruf warte: »Laura?«

Doch dann nimmt er seinen Vortrag wieder auf, während mich Eva mit sanftem Druck so dirigiert, dass stets nur meine Rückseite für das Grüppchen sichtbar bleibt.

»Sind sie vorbei?«, wispere ich ängstlich.

»Fast!«, nuschelt sie, derweil ihre weichen Lippen weiterhin an meinen festzukleben scheinen.

»Hat er was gemerkt?«, flüstere ich mit nervös erstickter Stimme, wobei ich nicht weiß, ob das eher von der Panik vor Entdeckung oder tatsächlich mehr von Evas intensiver Nähe ausgelöst wird.

»Glaube ich nicht!«, nuschelt sie weiter, ohne ihre Augen von dem Grüppchen zu wenden.

»Bleib ruhig, die sind gleich vorbei, einen Moment noch. Oh, was passiert denn jetzt? Mist, warum gucken die denn hierher zu uns?«

Sie verstummt.

Mir stockt das Herz. Kommt es etwa doch zur peinlichen Enthüllung? Während ich nicht zu atmen wage, schiebt sich plötzlich und unerwartet wie aus dem Nichts

Evas Hand von hinten durch den Schlitz und umfasst mit einem feisten Griff meinen Hintern. Mir wird heiß bei der Berührung – und zugleich kalt, weil ich ohne das schützende Cape den leichten Wind nun direkt auf meiner Haut spüre. Dank Evas Grabscher scheine ich gerade meinen Allerwertesten in aller Öffentlichkeit zu zeigen!

»Gott sei Dank, das passte gerade noch so«, raunt sie mit heiserer Stimme, während unvermindert Gänsehautschauer über meinen Körper jagen, »ich glaube, der Anblick eines nackten Frauenhinterns war doch zu viel für deinen Mann – und den Rest seiner komischen Truppe!«

Weiter kommt sie nicht.

Denn nun bin ich es, die Evas Kopf in den Händen hält, wie sie zuvor meinen gehalten hat. Ich spüre, wie die Nervosität der letzten Minuten, ach was, der letzten Wochen schlagartig von mir abfällt und mich unbändige Lust überwältigt.

Schon drängen meine Lippen gegen ihre, schiebe sie mit sanftem Druck auseinander und sucht meine Zunge ihre. Ich merke, wie Eva noch für den Bruchteil einer Sekunde zögert, bevor auch sie sich ihrem Verlangen hingibt.

Unsere Münder verschränken sich und kurz zucken unsere Zungen noch zurück, als ihre Spitzen zum ersten Mal zart aufeinanderstoßen, um dann umso schneller und intensiver gegenseitig auf Entdeckungstour zu gehen.

»Laura, warte! Bitte!«, höre ich Evas Stimme irgendwann aus weiter Ferne. Benommen komme ich zu mir.

Wie lange stehen wir schon hier und knutschen wie zwei frisch verliebte Teenager? Es hätten Stunden sein können, doch wahrscheinlich war es noch nicht einmal eine Minute lang.

»Warte«, sagt sie noch einmal.

Wir schauen uns in die Augen. Ich sehe einen feuchten Glanz in ihrem Blick, dann greift sie nach meiner Hand. »Komm«, sagt sie, »lass uns gehen! Jetzt!«

Wortlos laufen wir Hand in Hand los, verlassen den Park und tauchen in das Straßengewirr der Innenstadt ein, bis wir irgendwann vor Natalias Atelier angekommen sind.

Routiniert greift Eva hinter den großen Blumentopf neben der Ladentür und zieht einen einzelnen Schlüssel hervor. Wie immer scheppert die Ladenglocke beim Betreten von Natalias Schneiderei, doch dieses Mal hören wir beide es nicht. Ohne Widerstand zu leisten, lasse ich mich durch das Halbdunkel des Ladens ins Hinterzimmer ziehen, in dem wir uns vor vielen Wochen das erste Mal begegnet sind.

Sofort landet ihr Mund wieder auf meinem, während meine Zunge sofort die ihre sucht. Unsere Hände fahren durch unsere Haare, streichen über unsere Ohren und liebkosen unsere Nacken. Eine noch nie dagewesene Sehnsucht erfasst meinen ganzen Körper, als Eva mir das Cape von den Schultern streift und mit ihren Händen weiter auf Entdeckungstour geht.

Mit atemloser Spannung verfolge ich jede ihrer Bewegungen. Wie sie sanft meinen Busen anheben und ihre

Fingerkuppen ganz zart über jede Windung meiner Brust streichen. »Mach weiter, hör nicht auf«, flehe ich Eva förmlich an, als sie küssend an meinem Hals heruntergleitet und ihre Lippen an meinen inzwischen ultrasensiblen Brustwarzen knabbern, die mittlerweile steil aus dem grobmaschigen Netzgewebe ragen.

Ihre Hände haben bereits meine Pobacken erreicht und kneten sie mit sachtem Druck durch, während meine nun beginnen, ihren roten Haarschopf zu durchwühlen, den Schwung ihrer Ohren nachzeichnen und jeden einzelnen ihrer Halswirbel abtasten.

Ich spüre, wie ihre Zunge meinen Bauchnabel umkreist, um schließlich zart in ihn hineinzustoßen.

Stöhnend vor Glück drücke ich ihren Kopf fest gegen meinen weichen Bauch. Doch schon entwindet sich dieser aus meinem Griff und wandert tiefer. Gebannt kann ich nun in Natalias großem Ankleidespiegel zusehen, wie sich Evas roter Schopf zwischen meine Beine gräbt.

Und plötzlich fühle ich ihren Nasenrücken, ihren Mund, ihre Lippen, ihre Zähne und schließlich ihre Zunge dort, wo ich noch niemals eine Frau gespürt habe.

Hätte ich mir jemals ausmalen können, was noch alles passieren würde, als ich mich zum ersten Mal allein in diesem Spiegel betrachtet hatte? Überredet von Natalia, nur kurz die Schuhe anzuprobieren?

Und mit einem einzigen Foto bei meinem Mann nur etwas mehr Leidenschaft entfachen wollte? Nun stehe ich wieder vor diesem Spiegel und schaue zu, wie eine vor Wochen noch unbekannte Frau in mir plötzlich ungeahnte Lust entfacht. Zitternd vor Anspannung verfolge ich, wie ihre Hände an den Innenseiten meiner Schenkel nach oben streichen und dann das dünne Netzgewebe im Schritt mit einem festen Ruck zerreißen.

Schon fahren diese Hände jeder Falte meiner Schamlippen nach und ziehen sie sanft auseinander.

Mein Unterleib explodiert, als Eva mit ihrem Mund dem Weg ihrer Hände folgt und sich ihre Zunge zum ersten Mal tief in mich hineintastet. Vor gieriger Erwartung laut aufstöhnend werfe ich meinen Kopf zurück und stütze mich, nach irgendeinem Halt suchend, auf der Arbeitsplatte von Natalias kleiner Küchenzeile ab.

Polternd fällt eine leere Müslischale nach unten und zerspringt mit lautem Knall.

Erschrocken halten wir inne.

Plötzlich ist es ganz still um uns herum.

Unsere Augen treffen sich.

Erstaunt höre ich mich plötzlich mit matter Stimme »Nein!« sagen und wie ich schließlich langsam neben ihr auf die Knie sinke. »Nein«, wiederhole ich, »das geht doch nicht. Das darf doch alles nicht sein!«

Ich fühle Evas traurigen Blick auf mir ruhen, doch ich wage es nicht, ihren Blick zu erwidern, bevor ich mich mit brüchiger Stimme wie aus einer anderen Welt weitersprechen höre: »Ich will nicht, dass wir es kaputt machen. Das wir alles kaputt machen.«

Erst jetzt wage ich, ihr in die Augen zu schauen.

»Ja«, sagt Eva schließlich nach einer unendlichen Weile und lehnt dabei ihren Kopf an meinen, »du hast Recht, wir sollten es nicht kaputt machen. Dafür habe ich dich doch viel zu lieb.«

Ich lehne mit dem Rücken an der Küchenzeile, lege meinen Arm um Eva und ziehe sie dicht an mich, bevor ich nach Natalias Cape greife und uns beide damit zudecke. Gemeinsam sehen wir uns im Spiegel an und hören dabei unseren tiefen Atemzügen zu, bei denen sich unsere Brüste synchron heben und senken.

Es dämmert schon, als sich Eva schließlich aufrappelt und mir einen langen Kuss auf die Lippen gibt.

»Komm, wir suchen dir etwas Vernünftiges zum Anziehen. So lasse ich dich nicht nach Hause gehen!«

Leise schließe ich eine Stunde später die Haustür auf, schlüpfe aus den Turnschuhen, die wir noch bei Natalia gefunden haben und werfe meine Handtasche achtlos in die Ecke.

Das Erdgeschoss ist dunkel, mein Mann wohl noch im Büro, mein Sohn weiß Gott wo. Aus dem Obergeschoss klingt die laute Musik meiner Tochter, die wie so oft das Bad okkupiert hat.

Als ich die Treppe leise nach oben schleiche, höre ich die Stimme von Katy Perry aus ihrer Bassbox dröhnen, als sie davon singt, wie falsch, aber auch wie richtig es sich anfühlt, wenn ein Mädchen mal ein Mädchen küsst.

Ich merke, wie mir Tränen über die Wangen laufen, als ich mich im Schlafzimmer einschließe, in meinen

Kuschelpyjama steige und mir die Bettdecke über den Kopf ziehe.

SIEBEN

Mein Mann kommt aus dem Badezimmer und durchwühlt hektisch seinen Kleiderschrank. »Habe ich kein weißes Hemd mehr? Mist…«

Ich unterbreche meine Morgenlektüre am iPad und schaue ihm über den Rand meiner Lesebrille bei der Suche zu. »Die hängen frisch gebügelt im Wäschekeller«, sage ich und betrachte dabei seinen immer noch knackigen Hintern, der sich in seinen schwarzen, enganliegenden Boxershorts abzeichnet. Er wirft ein kurzes, aber sehr abwesendes »Ah, okay, danke« über die Schulter, bevor er sich der Suche nach seiner Anzughose widmet.

Ich lege mein Tablet auf den Nachttisch, drehe mich in möglichst lasziver Pose auf die Seite und schlage die Bettdecke zurück.

»Du hast einen sehr knackigen Hintern«, spreche ich meinen Gedanken nun laut aus. »Danke schön«, antwortet er, allerdings in einem solchen Tonfall, der nicht im Entferntesten den Anschein macht, dass er mir überhaupt zugehört hat.

»Findest du mich eigentlich noch attraktiv?«, starte ich einen neuen Versuch und winkle mein Bein so an, dass mein Nachthemd sehr weit hochrutscht, bis mein Höschen zu sehen ist.

Jetzt dreht er sich endlich um und schaut zu mir rüber. »Laura, bitte, ich muss gleich los! Wir haben heute das Power-Meeting wegen der Gala-Veranstaltung, und ich bin schon spät dran.«

»Das will ich doch gar nicht wissen, Dummerchen«, bohre ich beharrlich nach und versuche, meiner Stimme einen möglichst bezirzenden Klang zu verleihen. »Ich will wissen, ob du mich noch attraktiv findest.«

Langsam strecke ich mein linkes Bein nach oben durch, um es dann mit neckisch winkendem Fuß wie in Zeitlupe wieder nach unten sinken zu lassen.

»Natürlich mein Schatz, du bist für mich die schönste Frau der Welt, aber ich muss jetzt wirklich Gas geben, ich bin schon zu spät dran«, sagt er nun schon etwas versöhnlicher, um mich dann aber mit einem schnellen Kuss abzuwimmeln: »Heute Abend reden wir weiter, okay?«

»Wie du meinst. Wir können heute Abend gerne weiterreden«, starte ich einen letzten Versuch und knöpfe dabei mein Nachthemd auf. »Aber vielleicht will ich jetzt alles andere als reden. Und vielleicht sollten deine Kollegen einfach mal ohne dich anfangen!« Ich greife nach seiner Hand und führe sie zu meiner nackten Brust.

»Willst du nicht doch alles stehen und liegen lassen, um deine schönste Frau der Welt mal wieder richtig zu….«, ich stocke kurz, um das folgende Wort möglichst hart und dreckig herauszustoßen, »vögeln?«

Lüstern blicke ich ihm in die Augen und versuche dabei dieses Bitte-bitte-fick-mich-Gesicht aufzusetzen, das Frauen auch immer in diesen Pornos oder sogar schon schlechten Netflix-Serien aufsetzen müssen.

Doch mein Mann schaut nur erschrocken zurück.

»Du, ich, ja«, stammelt er los, »das ist jetzt blöd, das Meeting, ich kann, nein, ich muss… Heute Abend, versprochen, dann nehmen wir uns mal endlich Zeit, okay? Nicht böse sein!«

Ich ziehe mein Nachthemd wieder über die entblößte Brust und komme mir inzwischen ziemlich bescheuert vor.

»Ich muss jetzt wirklich los«, setzt mein Mann noch einmal nach und sieht mich fragend an. »Und jetzt wartest du darauf, dass ich dir die Absolution gebe?«, fauche ich zurück. »Irgendwie schon«, murmelt er.

»Na dann warten wir mal ab, was heute Abend passiert!«, stoße ich genervt aus. »Und jetzt geh schon, wenn du es so eilig hast, von hier wegzukommen.« Und merke in dem Augenblick, dass ich mit »hier« eigentlich nur »mir« meinte.

»Ja, ähh, nein, natürlich nicht«, erwidert er leise und starrt für einen kurzen Moment mit fernem Blick an mir vorbei, bevor er sich aber schnell wieder berappelt hat. »Ach übrigens, hast du zufällig noch Bargeld? Ich bräuchte einen Zehner für die Kantine, ich schaffe es nicht mehr zum Automaten.«

»In meinem Portemonnaie«, schnaube ich beleidigt und drehe mich zur anderen Seite, die Decke über meine Blöße ziehend. »Nimm dir einfach, was du brauchst!« Ich höre, wie er mit einem »Danke, ich liebe dich« die Treppe herunterhastet und schon bald darauf das laute Klappen der Haustür.

Weg ist er.

Wütend auf mich über diese missglückte Anmache wälze ich mich auf den Rücken, schlage die Decke zurück und richte mich ein wenig auf. Bin ich für ihn so unattraktiv geworden, schießt es mir durch den Kopf, während ich an mir herunterblicke.

Nachdenklich streiche ich über meinen, wie ich finde, immer noch schönen Busen, der trotz täglicher Work-Outs natürlich nicht mehr die Spannkraft von damals hat, als wir uns in jungen Jahren kennengelernt haben.

Aber ansehnlich ist der noch allemal!

Das merke ich doch jedes Mal, wenn ich mich herausgeputzt habe und sogar die gierig gaffenden Augen aus dem Freundeskreis meines Sohnes ein stets sehr eindeutiges Votum abgeben.

Und natürlich ist da der superkleine Bauchansatz, den man sich trotz aller Mühe beim Lauf über die Felder und selbst durch das Yoga-Stretching nicht mehr komplett wegtrainieren kann.

Gedankenverloren wandert meine Hand in meinen komfortablen, aber nicht gerade verführerischen Baumwollslip und streicht über den schmal ausrasierten Strich in meiner Bikinizone, den ich seit diesem ersten Shooting bei Eva immer wieder akkurat nachfrisiert habe.

Was erwartet er eigentlich, grüble ich still in mich hinein. Dass ich hier allzeit bereit und erwartungsvoll in scharfer Spitzenwäsche liege?

Warum kommen mir gerade jetzt diese zwei jungen und wirklich hübschen Kolleginnen in den Kopf, mit denen er in seiner Mittagspause durch den Park flaniert ist, als ich ihm vor ein paar Wochen zusammen mit Eva beinahe in die Arme gelaufen wäre?

Eva!

Ich schließe die Augen.

Hätte sie mich bei dieser Anmache links liegen gelassen, kritisch auf meinen sichtbar gealterten Busen gestarrt und wegen so manch kleiner Delle hier und da etwa die Stirn gerunzelt?

Oder hätte sie nicht viel eher mein Höschen abgestreift und mit ihrer Hand dahin gelangt, wo sich gerade meine befindet, die inzwischen ganz schön feucht geworden ist, weil sie mit immer festerem Druck zwischen meinen Schenkeln verschwunden ist.

Noch immer drehen Flugzeuge wahnsinnige Pirouetten in meinem Bauch, wenn ich an Evas intensive Küsse denke und dabei ihre Zunge in meinem Mund spüre, während ich mit meiner über ihre perfekten Zahnreihen streiche. Inzwischen gleiten meine klatschnassen Finger schon lange wie von selbst in beharrlichem Rhythmus immer tiefer in mich hinein, suchen sich wie automatisch ihren Weg zu meinen mir so vertrauten Lustpunkten, haben ein immer leichteres Spiel, die nächste Woge der eigenen Geilheit auszulösen.

Oh mein Gott, wie gut das tut!

Wie schön sich das anfühlt!

Und wieder bin ich in Natalias Küche, wo ich zum ersten Mal Eva genau dort gespürt habe. Erschrocken halte ich inne, als ich höre, wie meine Tochter die Treppe aus ihrem Zimmer herunterpoltert und die Badezimmertür laut zuschlägt.

Aus, vorbei, denke ich missmutig, während ihre Aufwachmusik laut aus dem Handy schallt. Dann eben nicht, seufze ich gefrustet in mich hinein, streife meinen Morgenmantel über und gehe unbefriedigt in die Küche.

Mein Portemonnaie liegt offen auf dem Tisch, meine Handtasche daneben. Er hätte es wenigstens wieder zurückräumen können!

Ich spüre, wie mein Frustpegel weiter steigt, als mein Blick auf das schnell hin gekritzelte Post-it fällt: »Smoking, Gala, Reinigung? Danke!« Genau, die Gala seiner Firma, die in zwei Wochen steigen soll, auch so ein Punkt. Auf die hatte ich mich wirklich gefreut, endlich mal wieder etwas Feines, Festliches und endlich mal wieder in großer Aufmachung unter Leute kommen.

»Nein«, sagte Thomas plötzlich eines Abends auf meine Nachfrage hin, »diesmal machen wir es ohne Begleitung. Die Geschäftsführung will es kleiner angehen lassen, nicht mehr die große Sause machen, das ist gerade wohl nicht mehr zeitgemäß.«

»Nicht dein Ernst!«, habe ich zu ihm gesagt. »Stimmt«, hat mein Mann daraufhin erwidert, »nicht mein Ernst, sondern der von ganz oben.«

Mechanisch wasche ich mir meine noch leicht glitschigen Hände an der Spüle und muss wieder an seine schick aufgebrezelten Bürohäschen im Park denken, die mit Sicherheit dabei sein werden. Als ich mein Portemonnaie zurückstecke, fällt mein Blick auf Evas Visitenkarte, die auf dem Boden in meiner Handtasche liegt.

Nachdenklich nehme ich sie in die Hand. Hat sie die ganze Zeit so offen dort drin gelegen?

Ich war mir sicher, dass ich sie stets in dem kleinen Einsteckfach aufbewahrt hatte. Oder muss ich sie unbemerkt herausgezogen haben, als ich nach meinem Notfall-Schlüssel gekramt hatte, den ich dort auch verborgen halte? Wann habe ich den eigentlich zuletzt benutzt?

Stimmt, an dem Tag, als ich nach unserem verhängnisvollen Outdoor-Shooting von Natalias Atelier wie paralysiert nach Hause gefahren bin und blöderweise meinen Schlüsselbund nicht auf Anhieb gefunden hatte.

Hatte ich später nicht vor lauter Frust meine Tasche in die Ecke gefeuert, so dass ich sie am nächsten Morgen wieder neu einräumen und alles durchsortieren musste?

»Morgen!« Meine Tochter reißt mich aus meinen Überlegungen. »Alles okay?«

»Ja, alles okay! Guten Morgen, Mara«, entgegne ich ihr betont freundlich, »ich mache mir gleich einen Tee, magst du auch? Wie lange hast du heute Unterricht? Ich bin heute Nachmittag unterwegs, vielleicht brauchst du was aus der City?«

»Ne, lass stecken«, sagt sie, während sie schon wieder abwesend am Küchentisch sitzt und in ihrem sozialen Netzwerk auf dem Handy verschwindet. Während der Wasserkocher brodelt, sehe ich kurz über ihre Schulter, wie sie sich in rasender Geschwindigkeit durch zig Insta-Stories und TikTok-Reels wischt.

Ob sie etwa Evas Visitenkarte gefunden und auf ihren Account geklickt hat?

Fröstelnd läuft es mir bei dem Gedanken über den Rücken, so dass ich gar nicht mehr auf den Wasserkocher achte, der sich mit lautem Klicken abschaltet. »Mama, Tee?«

Erst die abgehackte Frage meiner Tochter holt mich zurück. »Ja«, sage ich mechanisch, »ich bringe ihn dir gleich.«

Auf dem Weg in die Stadt fahre ich an unserer Reinigung vorbei und gebe den Smoking ab. In dem Laden warten bereits ein paar Kunden. Asad schaut kurz auf: »Nur abgeben, Frau Hermes? Hängen Sie ihn einfach drüben auf, ich kümmere mich!«

»Danke Asad«, sage ich und bin schon wieder draußen. Als ich mich ins Auto setze, merke ich, wie sich mein Puls plötzlich rasant beschleunigt.

Tief atme ich ein und wieder aus, schließe dabei meine Augen und konzentriere mich noch einmal: einatmen, ausatmen! Vielleicht hätte ich doch die Metro nehmen sollen, denke ich, während ich den Motor starte und aus der Parklücke wieder in den dichten Verkehr einfädle, der mich für die die nächste halbe Stunde ablenken wird.

Doch dann beginnt mein Herz erneut wie wild zu pochen, als der große Hotelkomplex auf der rechten Seite auftaucht und ich auf der Suche nach einem Parkplatz in die Tiefgarage einbiege.

♣

Mit einem leisen Surren öffnet sich die Aufzugtür in der Lobby. Hart klackern meine hohen Absätze über den dunklen Granitboden, als ich auf die Sitzgruppen im Barbereich zusteuere. Sofort habe ich den in einem frisch nachgefärbten Kastanienrot leuchtenden Schopf hinter einer Sessellehne erspäht, der sich genau in dem Augenblick erhebt, als ich nur noch wenige Schritte entfernt bin.

Die wilde Haarpracht dreht sich zu mir und zwei blitzende Augen strahlen mich fröhlich an.

Es ist mit einem Schlag wie eh und je. Ich fühle mich auf Anhieb wie geborgen und bin zugleich doch mächtig aufgewühlt.

»Du bist wie immer nicht zu überhören«, lacht Eva in ihrer natürlichen Herzlichkeit, um mich mit beiden Händen an sich zu ziehen und mir einen herzlichen Kuss mitten auf den Mund zu drücken. »Endlich, endlich, endlich sehe ich dich wieder!«

Es ist erst das zweite Treffen nach unserem aus dem Ruder gelaufenen Intermezzo in Natalias Atelier. Ein etwas verkorkster Kaffee in der Stadt, bei dem wir beide noch sehr sprachlos waren und nun mit deutlichem Abstand das heutige Wiedersehen hier in der Hotellobby.

»Muss da arbeiten, kommste auf einen Kaffee vorbei?«, lautete ihre kurze Nachricht vor ein paar Tagen. Noch haben wir beide es nicht zurück in ihr Studio gewagt, es scheint wie eine stille Übereinkunft zwischen uns zu sein. So als würden wir uns sagen wollen: Beruhigen wir uns beide, beruhigen wir vor allem unsere Gefühle, bevor wir wirklich weitermachen!

Doch was soll sich bei mir beruhigen?

Denn auch jetzt fühle ich doch ganz genau, wie sehr mich Evas Nähe aufwühlt, wie herrlich es in mir grummelt, wenn ich in ihre Augen sehe, die kurzen Berührungen spüre, ihre Küsse schmecke. Auch wenn der von gerade trotz der Mund-zu-Mund-Begegnung vermutlich ein rein freundschaftlicher war. Und dann kommt mir noch der versaute Morgen in den Sinn, an dem mich mein Mann links liegen gelassen hat.

Das wäre mir mit Eva nicht passiert! Schnell versuche ich den wieder aufkeimenden und sehr lüsternen Gedanken brüsk beiseitezuschieben.

»Du auch, Laura?«

Verwirrt schaue ich zuerst auf Eva und dann auf die junge Bedienung, die an unsere Sitzgruppe getreten ist. »Ich glaube, sie nimmt einen Cappuccino«, übernimmt Eva meinen Part, »und auch einen American Cheesecake?«

Ich schüttele den Kopf und klopfe auf meinen Bauch. Eva runzelt die Stirn und wiegt skeptisch den Kopf.

»Also gut, dann bleibt es bei einem«, schließt sie die Bestellung ab. »Und schreiben Sie es gleich auf Zimmer 1305, oder 1307, jedenfalls die Firma Sirion, Sie wissen schon, die mit dem Sexkram, müsste derzeit bei Ihnen als Firmengast angelegt sein.«

Fröhlich zwinkert Eva der hübschen Kellnerin zu, die bei ihren letzten Worten etwas rot geworden ist.

»Okay«, stammelt sie, »einen Latte Macchiato, einen Cappuccino, einen Blueberry Cheesecake, Zimmer 1305 oder 1307, Firma Sex, ähh, Sirion, kommt sofort.«

»American Cheesecake, Darling, dann passt es«, korrigiert Eva augenzwinkernd und schaut ihr taxierend hinterher, während diese in ihrem komplett schwarzen Ensemble aus enger Bluse, auffällig kurzem Rock, Nylons und Ballerinas, farblich nur von der weißen Schleife ihrer kleinen Schürze durchbrochen, in Richtung Bar verschwindet.

»Die schaut in diesem Kellnerdress so zum Vernaschen aus, dass ich sie am liebsten auch noch in die Szenerie da oben einbinden möchte. Aber das würde wahrscheinlich nur diesen blöden Marketingfuzzi aufgeilen, der mir ohnehin schon die ganze Zeit in meinen Job reinquatscht«, stößt sie schließlich schwer genervt aus, ballt dabei ihre Hände zu Fäusten, um sie dann theatralisch wie bei einem Boxtraining zur Deckung vor ihren Körper schnellen zu lassen. »Da lass ich den Gedanken doch gleich wieder fallen!«

»Sirion? Sexkram? Marketingfuzzi? Jetzt bin ich aber gespannt«, werfe ich hastig ein, froh darüber, endlich auf andere Gedanken gebracht zu werden. Eva grinst mich erleichtert an.

»Na endlich! Jetzt bist du doch wieder bei mir. Ich dachte schon weiß Gott was«, höre ich sie erleichtert aufatmen. »Eigentlich ein toller Auftrag. Drei Tage, 7500 Euro plus Spesen, versteht sich. Ich soll deren neueste Kollektion für den Onlineshop und die ganzen Kataloge und Prospekte fotografieren, und dazu haben sie drei zusammenhängende Zimmer angemietet, plus zwei wirklich hinreißend schöne Models und eine Visagistin…«

»Und was meinst du mit eigentlich? Das klingt doch wahnsinnig toll! Und verdammt lukrativ!«, unterbreche ich ihren Redeschwall.

»Dieser feiste Marketingmanager«, zischt Eva und ich sehe förmlich den Zorn in ihrer Stimme rauchen, »so ein echt übler Macker und Macho. Eigentlich ein Frauenverächter wie aus dem Bilderbuch.«

Sofort sprudelt es ohne Punkt und Komma weiter aus ihr heraus: »Dabei haben die sich diesmal bewusst eine Frau als Fotografin gewünscht, damit die Bilder endlich mal aus weiblicher Perspektive funktionieren. Und mit der süßen Produktmanagerin, die mit dabei ist, bin ich auch immer einer Meinung, wie die Fotos am besten wirken. Aber dann schaltet sich dieser Werbeheini wieder ein und faselt was von nicht so lasch, das muss noch viel geiler aussehen, tatscht dabei sogar ganz übel die Mädels an. Meine Güte, du glaubst es nicht, aber der Typ macht mich wahnsinnig – nein, der macht uns alle wahnsinnig!

Weißt du, die beiden Girls sind echt gut drauf und haben auch Spaß daran, bis dann wieder dieser Blödmann seinen Schmuddelpornokram haben will. Und schon ist die gute Stimmung hin!«

Während sich Eva immer mehr in Rage redet, rücke ich auf dem Sofa dicht zu ihr, um sie tröstend in den Arm zu nehmen.

»So schlimm?«, frage ich mitfühlend.

»Ich bin froh, dass du da bist, ich brauchte echt dieses Ventil, sonst hätte ich den Marketingfuzzi glatt mit diesem Monster-Dildo verhauen. Keine Ahnung, wer so ein Riesending in sich reinstecken will. Das ist doch nicht mehr schön!«

Bei ihren letzten Worten ist die Bedienung zurück an unseren Tisch gekommen und stellt nun mit sehr roten Ohren die Getränke und Evas Kuchen auf den Tisch. »Guten Appetit«, wünscht sie etwas verlegen, »es ist auf das Zimmer notiert, die Nummer 1305 passte.«

»Danke meine Liebe. Und sorry, dass ich mich gerade so aufrege, Sie können ja nichts dafür, dass Kerle einfach nur Kerle bleiben«, zwinkert ihr Eva mit ihrem so typisch entwaffnenden Lächeln zu. »Ich zeige euch mal, was ich meine.« Schon hat sie ihr iPad aufgeklappt.

Hilfesuchend schaut die Bedienung in Richtung Bar, dann durch die leere Lobby und schließlich zu mir. »Ich will Sie aber wirklich nicht weiter stören!«

»Papperlapapp«, bügelt Eva ihren Einwand rigoros ab, »Sie stören überhaupt nicht und außerdem ist im Augenblick doch ohnehin kein weiterer Gast hier, oder?«

»Akzeptiert«, lenkt sie nun ein, »aber ich bleibe hinter Ihnen stehen, damit ich schnell wieder losflitzen kann. Mein Barchef könnte glatt mit Ihrem Marketingtypen verwandt sein«, grinst sie bereits etwas gelöster.

Schon hat Eva den Bilderordner auf ihrem Tablet geöffnet und wischt durch die Bilder, die zwei Models in himmlisch schönen Dessous, Nylons und Heels in unterschiedlichsten Szenen zeigen: beim Schminken im Bad, beim Anziehen vor dem Kleiderschrank, bei einer Kissenschlacht in dem riesigen Bett, zusammengekuschelt auf dem Sofa, vor den raumhohen Fenstern mit der Skyline der Stadt im Hintergrund.

»Das sind doch tolle Bilder!«, werfe ich angeregt ein. Eva schnauft verächtlich: »Ja, aber da musste ich mich echt ganz schön vehement durchsetzen, dass wir sie so machen konnten. Schrill wird es jetzt, wo es um die Toys geht.«

»Was für Toys?«, frage ich perplex.

Eva blättert weiter und wir sehen, wie sich die Models plötzlich mit Vibratoren und Dildos in allen Formen und Facetten auf dem Bett räkeln, sie zu ihren offenen Mündern führen oder gegen ihre transparenten und zum Teil offenen Slips drücken.

»Am meisten nervt mich eigentlich nur, dass die dabei immer diesen devoten Vögel-mich-Schlampenblick aufsetzen sollen«, kommentiert Eva ihr bisheriges Werk, während ich leicht errötend an die Szene heute Morgen bei mir im Ehebett denken muss. Als dieser Blick bei mir, oder besser gesagt, bei meinem Mann komplett versagt hat! Zum Glück beachtet mich Eva im Augenblick gar nicht, sondern wischt sich weiter durch die Aufnahmen. »Bei diesen Fotos ist der Kerl gerade richtig abgegangen. Ich glaube, der muss einfach nur mal so richtig gefickt werden.«

Fasziniert betrachten wir eine Sequenz, in der das eine Model mit einem riesigen Umschnalldildo so tut, als würde es die Partnerin, die wiederum einen unnatürlich schmachtenden Blick aufgesetzt hat, gerade von hinten nehmen. »Brauchen die Damen noch was?«, hören wir plötzlich eine männliche Stimme von vorne fragen. »Oder machen Sie gerade eine längere Pause, Frau Richter?« Wir schauen auf und sehen den Servicechef des Hotels vor uns stehen, der mit strengem Blick seine Mitarbeiterin taxiert.

»Die liebe Frau Richter war so freundlich, uns bei der Menüauswahl für den heutigen Abend zu helfen«, grinst Eva ihn sofort ganz nonchalant mit ihrem alles gewinnenden Lächeln an. »Die Firma Sirion hat einen großen Tisch mit einigen Kunden bestellt, da wollen wir doch nicht, dass etwas verrutscht, nicht wahr?«

»Selbstverständlich, gnädige Frau«, erwidert er gleich ganz dienstbeflissen und sehr unterwürfig, »da steht Ihnen die Frau Richter natürlich voll und ganz zur Verfügung.«

»Herzlichen Dank dafür«, flötet Eva zurück. »Wir wissen den zuvorkommenden Service Ihres Hauses doch sehr zu schätzen.«

»Puh, Danke schön, das war knapp«, hören wir es hinter uns erleichtert seufzen, »der war schon wieder auf Krawall gebürstet, da haben Sie mich wirklich fein rausgelotst. Aber was machen wir jetzt mit dem Essen?«

Eva grinst: »Das Menü ist schon bestellt, aber Sie können ja meins auf vegetarisch ändern. Ich glaube nicht, dass mir heute Abend noch nach großen Fleischportionen ist, wenn ich jetzt das hier heute Nachmittag weiter fotografieren muss.«

Sie zieht den hautfarbenen Dildo, der gerade auf ihrem Tablet zu sehen ist, mit den Fingern so groß, dass die einer Eichel nachempfundene Spitze den ganzen Bildschirm ausfüllt. »Na, törnt euch das nicht an, Mädels?«

Wir schauen uns gegenseitig an, bis wir prustend loslachen müssen und der Servicechef hinter der Bar irritiert zu uns herüberblickt.

»Ich gehe mal besser«, verabschiedet sich unsere Kellnerin, »wir sehen uns bestimmt zum Essen wieder, ich habe heute auch den Spätdienst übernommen.«

»Das freut mich doch«, zwinkert Eva ihr schelmisch zu, während sie das Namensschild an ihrer Bluse mustert. »Und wenn Sie mal Lust auf eine kleine Fotosession haben, Daniela – ich darf Sie doch so nennen?« Schon drückt sie ihr eine Visitenkarte in die Hand. »Ich glaube, meine beste Freundin kann mich aus eigener Erfahrung sehr empfehlen!«

»Eva!«, sage ich erschrocken und werde dabei sofort wieder rot.

»Stimmt«, gibt Eva mit süffisantem Augenzwinkern zurück, »so was wie hier haben wir ja noch nicht gemacht.«

»Das noch kannst du mal ganz schnell streichen«, werfe ich hastig ein und schaue dabei auf unsere Bedienung, die aber auch nicht weiß, wohin sie gerade gucken soll, bis sie schließlich einen Gast erspäht, der sich gerade auf einem der Sessel im Empfangsbereich niedergelassen hat und suchend in Richtung Bar blickt.

»Das mit den Fotos ist ein cooles Angebot. Ich werde es mir überlegen«, wirft sie nun schnell ein. »Und Daniela passt natürlich, dann aber bitte per du. Nur jetzt muss ich wirklich mal weiterarbeiten! Aber wir sehen uns ja später wieder!«

Eva hat Recht, denke ich angeregt, als ich ihr lächelnd nachblicke, wie sie mit wippendem Pferdeschwanz in Richtung Rezeption verschwindet: Die sexy Fotosession mit ihr kann ich mir schon jetzt bildhaft vorstellen.

Doch bereits im nächsten Augenblick friert mir das Lächeln schlagartig ein, als ich sehe, wie eine ebenso junge Frau in einem schicken Business-Outfit aus dem Fahrstuhl tritt. Auch Eva bemerkt meinen starren Blick.

»Sag mal, das Gesicht kenne ich, das ist doch die Kollegin deines Mannes, der wir im Stadtpark beinahe in die Arme gelaufen wären.« Ich nicke stumm und folge den schnellen Schritten ihrer hohen Schuhe, die wie zuvor bei mir mit ähnlich hartem Klackern durch die Lobby hallen.

Während sie, ohne einmal nach links oder rechts zu gucken, durch die Drehtür nach draußen verschwindet, fühle ich, wie ganz plötzlich und unvermittelt ein wahnsinnig beklemmendes Gefühl mein ganzes Herz und auch meine Seele umfasst.

»Laura? Alles okay?« Eva rüttelt sanft an meiner Schulter. »Hey, Süße, was hast du denn?«

Ich schaue sie an und merke, wie sich meine Augen mit Tränen füllen. »Nein«, stutzt sie irritiert, »das denkst du jetzt nicht wirklich!«

Ich nicke trotzig und merke, wie ein kleines Rinnsal meine Wange hinunterläuft. »Hast du nicht gesehen, wie die ausgesehen hat? Diese geröteten Wangen? Die zerzausten Haare? Jede Wette, dass die gerade Sex hatte.«

»Möglich«, pflichtet Eva mir bei und tupft mit ihrer Serviette die Träne ab, »aber doch nicht mit deinem Mann!« Seufzend erzähle ich ihr von meiner morgendlichen Abfuhr.

»Das heißt erstmal gar nichts«, beschließt Eva meinen Katzenjammer. »So sind die Kerle, checken es einfach nicht, wenn es darauf ankommt. Und dein Mann hat keinen Grund, dich mit so einem Huhn zu hintergehen.«

Stumm schaue ich auf Evas volle Lippen, ihre Hände mit den im dunklen Rot ihrer Haare lackierten Nägeln und denke darüber nach, wo überall auf und sogar in meinem Körper ich diese vor nicht allzulanger Zeit spüren durfte. Haben wir beide im Grunde genommen doch beinahe das Gleiche gemacht?

Eva scheint meine Gedanken lesen zu können. »Hey, Süße, jetzt such nicht die Schuld bei dir. Und außerdem haben wir beide rechtzeitig die Reißleine gezogen.«

Ihr Handy beginnt plötzlich ohne Unterlass zu brummen. Genervt schaut sie auf das Display, dann wieder zu mir. »Ich muss jetzt hoch, die warten schon auf mich. Was mit deinem Mann ist, bekommen wir raus. Aber ich bleibe dabei, dass da nichts ist. Und wenn doch, hast du mich. Und Natalia! Uns beide, immer an deiner Seite! Das weißt du hoffentlich!«

Ich nicke nahezu unmerklich.

»Bevor du jetzt gehst, warte mal...« Sie kramt einen kleinen Karton aus ihrer Handtasche und feixt mich spitzbübisch grinsend an.

»Wenn dir wieder sowas wie heute Morgen passiert, dann hast du ab sofort diesen kleinen Trostspender. Den habe ich zwar für mich abzweigen können, aber ich glaube, du hast gerade eine bessere Verwendung für ihn. Nimm das mal mit. Ich sage nur: Selbst ist die Frau!«

Ich öffne den Deckel der neutralen Verpackung und gucke dann stirnrunzelnd zu Eva.

»Ein Vibrator, ernsthaft?«

Sie lacht schelmisch. »Der ist vom Fotoshooting heute Morgen. Aber Vorsicht, das kein gewöhnliches Teil, sondern etwas ganz Neues. Guck mal, wie klein der ist. Den kannst du überall und jederzeit benutzen. Und sogar mit deinem Handy steuern. Also alles komplett automatisch, ist doch total schrill, oder? Aber keine Sorge, der ist komplett clean und unbenutzt. Da hatte maximal eins von meinen Models nur kurz die Lippen dran, du hast ja die Bilder gesehen. Jedenfalls hat mich das so angefixt, dass ich dachte, das muss ich mal ausprobieren. Und vielleicht bringt dich das bei passender Gelegenheit auf andere Gedanken.«

Ich fühle, wie sich ihre Lippen fordernd auf meinen Mund pressen und wie sich das plötzlich ganz anders als bei unserer Begrüßung anfühlt – und mich tatsächlich auf ganz andere Gedanken bringt!

»Sobald ich mit dem Auftrag hier durch bin, treffen wir uns wieder im Studio und machen da weiter, wo wir aufgehört haben. Versprichst du mir das? Bitte!«

Ich nicke und schaue schon wieder eine ganze Spur zuversichtlicher in ihre Augen.

»Ja«, sage ich schnell, bevor ich wieder gänzlich in diesem herrlich blitzenden, graugrünen Meer versinken kann, »nicht ganz da, wo wir aufgehört haben, aber wir machen weiter. Versprochen!«

♣

Am Abend sitzen wir seit langem mal wieder gemeinsam als Familie am Küchentisch. Interessiert verfolge ich das Wortgefecht meines Mannes mit meinem Sohn über das gleich stattfindende Länderspiel.

Erstaunt stelle ich fest, dass auch meine Tochter voll im Thema ist.

»Seit wann interessierst du dich denn für Fußball?«, frage ich sie erstaunt. »Davon habe ich ja noch gar nichts mitbekommen.« Sie funkelt mich mit spöttischem Blick an. »Haben wir nicht alle unsere heimlichen Leidenschaften, die irgendwann einmal enthüllt werden?« Perplex schaue ich sie an, während sie mich weiter mit einem sehr provozierenden Blick fixiert.

Meinem Mann scheint die Spannung zwischen uns beiden nicht zu entgehen. »Wie wäre es, wenn wir schnell gemeinsam die Küche machen und dann alle zusammen das Spiel gucken. Deal?«

»Deal«, sage ich und lasse meinen Blick herausfordernd auf meiner Tochter ruhen.

»Deal«, lenkt nun auch sie ein und beginnt die Teller in den Geschirrspüler zu räumen.

»Wie war eigentlich das Power-Meeting heute?«, frage ich beiläufig meinen Mann, während ich die Reste vom Tisch in den Kühlschrank räume.

»Puh«, stößt dieser ächzend aus, »frag nicht, da ist echt noch viel zu tun, damit unsere Präsentation bei der Gala auch glatt läuft. Ich habe da schon einige Schnarchnasen im Team.«

»Sag mal«, hake ich möglichst unauffällig nach, »ist eigentlich noch diese Frau, ähhh, Frau Hartung mit dabei in deinem Team?«

»Du meinst die Hartwald? Ja, Gott sei Dank, da bin ich echt froh, dass ich sie habe. Denn die Jana ist echt super, ich wüsste gar nicht, was ich ohne sie machen würde. Die bringt immer wieder Ideen ein, wirklich, die ist ein echtes Goldstück. Auch heute wieder, die hat das Meeting gerockt. Ja, eine taffe Kollegin, warum fragst du?«

»Ach nur so«, antworte ich ausweichend, »ich bin gerade nur draufgekommen, weil ich sie vor kurzem mal in der Stadt gesehen habe, beim Shoppen, aber nur von weitem, so dass wir uns nicht direkt begegnet sind.«

Ich gebe meinem Mann einen flüchtigen Kuss auf die Wange. »Danke fürs Helfen, ich muss noch mal schnell ins Bad. Aber keine Sorge, ich komme rechtzeitig zum Spiel wieder runter.«

Hastig schnappe ich mir meine Handtasche und eile die Treppe nach oben.

Wütend schließe ich die Tür ab, setze mich auf den Toilettendeckel und betrachte mein zorniges Gesicht im Spiegel. Die Jana, sein Goldstück, schießt es mir durch den Kopf, die Jana und ihre tollen Ideen!

Aufgebracht krame ich in der Tasche nach meinem Handy, während mein Blick den kleinen Karton mit dem Vibrator streift.

Was hatte Eva gesagt, ein Trostspender?

Mit immer mehr Brast im Bauch denke ich darüber nach, dass ich jetzt viel lieber diesen Umschnalldildo in der Hand hätte, um es diesem kleinen Miststück zu zeigen. Oder noch besser meinem Mann? Längst hat mich das beklemmende Gefühl des Betrogenwerdens von heute Mittag erneut voll im Griff.

»Muss dich sehen, 1000 Pläne machen«, tippe ich nach kurzem Überlegen in mein Telefon und sehe, dass Eva online ist. Sofort sind die beiden Haken blau und keine fünf Sekunden später leuchtet ihre Antwort im Display meines Handys: »Übermorgen früh im Studio! Auftrag dann durch. Reicht das?«

Ich schicke einen Kussmund zurück, schließe den Chat und sehe mir drei Minuten lang im Spiegel die Mischung aus Wut, Zweifel und Unsicherheit in meinem Gesicht an.

»Laura!«, ruft Thomas von unten aus dem Wohnzimmer, »beeile dich, es geht gleich los!«

»Ja, bin schon unterwegs«, antworte ich mit wieder sehr gefasster Stimme, während ich langsam die Treppe runtergehe und höre, wie das Spiel angepfiffen wird.

A C H T

»Noch einen Kaffee?« Irritiert schaut Thomas von seinem Tablet auf. »Nein danke, ich muss gleich los, wir haben heute Abend das Meeting mit dem neuen Kunden und ich muss mit Jana, also ich meine, ähm, Frau Hartwald noch so viel vorbereiten.«

Ich spüre, wie mir speziell die Erwähnung ihres Vornamens kleine Stiche versetzt.

»Soll ich dich mitnehmen?«, fragt mein Mann meine Tochter, die ihren Blick erst gar nicht vom Handy abwendet, sondern nur ein »Klar, wäre cool!« nuschelt. Mein Sohn poltert die Treppe runter, schaut nur kurz in die Küche: »Bin weg!« Schon schlägt die Haustür zu. »Wir auch!«, schiebt Thomas hinterher, schnappt sich seine Tasche und drückt mir einen Kuss auf die Stirn. »Keine Ahnung, wie lang das mit dem Kunden dauert, mach dir einen schönen Tag.«

»Ciao Mama«, höre ich noch von meiner Tochter, bevor zum zweiten Mal die Tür klappt und nur noch das Radio leise dudelt.

Ich drücke auf den Knopf der Espressomaschine und sehe mit ausdruckslosem Blick zu, wie sich die Tasse langsam mit weißem Schaum füllt. Aus der Ferne ertönt das Pling meines Handys, das ich wohl im Schlafzimmer liegengelassen habe.

Zischend läuft der Kaffee hinterher.

Aus dem Radio meldet sich die sonore Stimme des Moderators: »Es ist acht Uhr, die Schlagzeilen. Bundesinnenministerin …«

Instinktiv drücke ich auf den Aus-Knopf der Fernbedienung, nehme meine Tasse und gehe die Treppe nach oben ins Schlafzimmer, um die Nachricht von Eva zu öffnen. »Heute erst um 14 Uhr! Bitte!!! Bin gestern mit den Mädels und der süßen Produkttante um die Häuser gezogen! Ist spät geworden!!! Brauche Schlaf!«, gefolgt von einigen Emojis, die ihre Entschuldigung sehr bildhaft untermalen sollen.

Und wieder spüre ich ein eifersüchtiges Piksen, dieses Mal allerdings, weil ich darüber nachdenke, dass Eva in der vergangenen Nacht mit zwei hinreißend schönen Models und noch dazu mit der mir unbekannten Produktmanagerin um die Häuser gezogen ist.

Die Fotos kommen mir in den Sinn, die sie mir vor zwei Tagen in der Hotellobby gezeigt hat. Die sinnlichen Details von zwei wunderschönen Körpern in erotischen Posen, die neckischen Spielereien der zwei Mädels im Bett, das Andeuten von Sex unter Frauen: Ich spüre, wie meine Eifersucht von einer immer stärker werdenden Lust verdrängt wird und ziehe die Schublade meines Nachtschränkchens auf.

Meine Hand tastet nach dem kleinen Karton, den Eva mir im Hotel in die Hand gedrückt hat.

Was hatte sie gesagt: Dein Trostspender, total schrill, geht komplett automatisch? Ich öffne die Verpackung und fingere die knappe Anleitung heraus: »Das Lovetoy für Sie und Ihn. Tragen Sie es jederzeit und überall. Die Automatik erfüllt all Ihre Wünsche. Diskret und zuverlässig. Bitte installieren Sie die App auf Ihrem Smartphone, schalten Sie Ihr Lovetoy ein und folgen einfach den Anweisungen.« Mein Gott, wie abtörnend.

Stirnrunzelnd lege ich das Teil wieder zur Seite, schließe die Augen und lasse meine Hand in den Slip fahren. Eine kleine Lustwoge erfasst mich, als meine Finger zart über meine Klitoris streichen und mich an Evas sanfte Berührungen in Natalias Küche erinnern. Ist es so nicht viel einfacher, denke ich, als ich spüre, wie das Blut in meine Schamlippen schießt und heiß zu pulsieren beginnt.

Ob jetzt gerade diese, wie sie sie bezeichnete, süße Produkttante auch neben ihr…? Ich schlage meine Augen auf und betrachte nochmals den schon sehr schmeichelnd geformten Mini-Vibrator, während ich meine Finger immer tiefer in meiner Scheide kreisen lasse und dabei an die Models denken muss, die Eva von ihnen mit dem Lovetoy in der Hand, also quasi in Action geschossen hat.

Warum eigentlich nicht?

Ich lasse meine Finger aus mir gleiten, zupfe ein paar Kleenex aus dem Spender und wische sie trocken. Dann greife ich nach meinem Handy und suche nach der App.

Dank der händischen Vorarbeit ist meine Vagina immer noch so herrlich feucht, die Erregung hat nicht wirklich nachgelassen. Ansatzlos flutscht die kleine eiförmige Kugel in mich hinein, so dass nur noch das Rückholband aus meiner Spalte ragt.

Schnell ziehe ich den Slip wieder hoch, kuschle mich tief unter meine Bettdecke und drücke im Menü der sehr rosafarbenen App auf den Startknopf.

Mit leisem Brummen nimmt das Teil seine Arbeit auf.

Noch lausche ich skeptisch auf jedes Geräusch um mich herum, oder besser gesagt, in mir drin.

Doch schon kurz darauf kann ich mich immer mehr lösen, schließe die Augen und lasse mich nun vollends in dem Gedanken gehen, von der mir gänzlich unbekannten Produktmanagerin verwöhnt zu werden, die in meiner Vorstellungswelt komischerweise aber eine erstaunliche Ähnlichkeit mit einer gewissen Jana Hartwald aus dem Team meines Mannes hat.

Das Telefon im Flur klingelt. Ich schrecke hoch und schaue perplex auf die Uhr. Kurz nach zwölf. Ich muss tatsächlich wieder eingeschlafen sein. Das Klingeln stoppt, um kurz darauf von Neuem zu beginnen. Ich haste die Treppe herunter und merke erst jetzt, dass ich ja noch den Vibrator wie einen Tampon in meiner Vagina stecken habe. Hoffentlich geht der jetzt nicht von allein los!

»Laura, gut dass ich dich endlich erreiche!« Aus dem Telefon dröhnt die vertraute Stimme von Markus, eines ehemaligen Arbeitskollegen meines Mannes. »Ich kann Thomas auf seinem Handy nicht erreichen und ich habe noch ein paar wichtige Infos über den neuen Kunden, den er gerade bearbeitet.« Markus hatte sich vor einigen Jahren selbstständig gemacht und arbeitet nun als Consultant für seine alte Firma.

»Thomas ist heute früh los«, antworte ich, »und natürlich hat der sein Handy dabei. Der würde ja glatt tausend Kilometer und mehr zurückfahren, wenn er es mal vergessen hätte. Sein Heiligtum, das weißt du doch! Aber okay, er erwähnte heute beim Frühstück, dass sie in der Firma noch mal alles durchgehen wollten, bevor sie sich dann heute Abend mit dem Kunden treffen.«

»Heute Abend?«, höre ich Markus erstaunt fragen. »Wieso denn das? Das Treffen ist doch erst für kommende Woche angesetzt. Ich weiß das genau, denn ich bin doch auch mit dabei, weil ich den Kunden bereits betreue. Da hat dein zerstreuter Gatte mal wieder einiges durcheinandergebracht, meine Liebe! Gut, dann probiere ich es halt weiter. Warum geht der denn nicht ran?«

»Ja, das wäre wohl das Beste!«, presse ich heraus und weiß gar nicht, wie viele tausend Nadelstiche mich gerade durchbohren. »Grüß bitte Marie ganz herzlich von mir!«

»Mache ich, sie freut sich schon sehr, dich am kommenden Wochenende auf der Gala zu sehen. Ist doch schön, dass die Firma mal wieder den Geldhahn aufdreht und wir alle zusammen feiern können. Wurde höchste Zeit! Also, bis bald, meine Liebe.« Und schon klickt es in der Leitung.

Erschüttert lasse ich den Hörer sinken und habe wieder die Stimme meines Mannes im Kopf, als er sagte: »Ach, die Gala, du musst das verstehen, diesmal ohne Partner, die Kosten, der Aufwand, die da oben wollen es diesmal leider kompakter angehen.«

Wütend fingere ich den Vibrator aus mir raus und feuere ihn in den Mülleimer unter der Spüle.

Ich habe nicht ernsthaft an seine blöde Frau Hartwald gedacht, während mich die Automatik tatsächlich zu einem beachtlichen Höhepunkt gebracht hat?

Feucht und rosaglänzend hebt sich das Teil in der Mischung aus Nudelresten, Kartoffelschalen und durchweichten Küchentüchern ab. Ich werfe ein paar Servietten hinterher und entleere noch die Schublade mit dem Kaffeesatz aus der Espressomaschine in den Müll.

Nicht dass meine Tochter nach Evas Visitenkarte nun auch noch den Vibrator findet.

Auf dem Weg zu Eva fahre ich an der Reinigung vorbei, um den Smoking abzuholen. Warum mache ich das eigentlich, schießt es mir durch den Kopf, als ich grimmig die Tür aufstoße. Wäre das nicht auch ein prima Job für seine Frau Hartwald?

»Hallo Frau Hermes«, höre ich die fröhliche Stimme von Asad, »der Smoking Ihres Mannes sieht wieder tadellos aus!«

Ich schaue irritiert auf ein kleines Klarsichttütchen, das auch am Kleiderbügel hängt. »Was ist das?«

»Oh«, sagt Asad, »Sie hatten wohl nicht die Taschen kontrolliert, bevor Sie ihn abgegeben haben, aber das macht nichts, wir haben es ja noch rechtzeitig gefunden.« Ich starre auf den kleinen Umschlag mit einer Zimmerkarte aus dem Hotel, in dem ich mich doch erst vorgestern mit Eva getroffen hatte. In dem ich später auch Jana Hartwald aus dem Aufzug kommen sah.

Mir wird speiübel.

»Alles okay, Frau Hermes, brauchen Sie ein Glas Wasser?« Asads weiche Stimme dringt wie durch einen rauschenden Vorhang zu mir. »Nein, alles gut, vielen Dank, geht schon wieder«, antworte ich mechanisch, »ich muss es heute wohl etwas langsamer angehen lassen.«

♣

»Laura, mein Herzblatt, du hättest gestern dabei sein müssen, als wir…« Eva reißt die Tür des Studios auf und stoppt abrupt in ihrer Begrüßung, als sie mich mit tränenüberströmtem Gesicht vor sich stehen sieht. »Um Gotteswillen, was ist dir denn passiert?«

Entgeistert zieht sie mich in den großen Raum und platziert mich auf dem Sofa, um mich aber sofort an sich zu ziehen und mir zärtlich über den Kopf zu streichen. »So sehr kann doch seit heute Morgen nicht die Welt zusammengebrochen sein?«

»Doch!«, entgegne ich mit trotziger Stimme und erzähle von den bisherigen Ereignissen des Tages, die mir förmlich den Boden unter den Füßen weggezogen haben: der angebliche Plan meines Mannes, die unabsichtliche Aufklärung durch Markus und schließlich als Beweis, quasi schwarz auf weiß, für die Lügen von Thomas, die Zimmerkarte aus dem Hotel, die noch in seinem Anzug gesteckt hatte.

Nachdenklich betrachtet Eva den Umschlag mit der Chipkarte.

»Das Datum hier auf dem Kuvert«, sinniert sie, »das war doch exakt nach dem Tag, an dem wir zum Fotografieren draußen unterwegs waren. Kannst du dich erinnern, was sonst noch passiert ist?« Ich beginne zu grübeln. Mir fällt meine Tochter im Bad ein und wie ich mich gleich im Schlafzimmer vergraben hatte.

Aber wann hatte ich damals eigentlich meinen Mann kommen gehört? Nicht dass ich ihm an diesem Abend, gerade nach dem Vorfall mit Eva in Natalias Atelier, überhaupt hätte begegnen wollen! Ist er in der Nacht eigentlich bei mir im Bett gewesen?

Ich weiß noch, dass ich mich mit schlechtem Gewissen in den Schlaf geweint hatte und erst am nächsten Morgen von ihm mit einer Tasse Kaffee geweckt wurde. Da war er schon wieder angezogen! Oder vielleicht immer noch? »Ich muss gleich los«, hatte er dazu gesagt, »habe einen externen Termin und mein ICE geht in einer Stunde.«

»Ich kann dir noch nicht einmal sagen, ob er in dieser Nacht zuhause war«, murmle ich.

»Das, was du über die Gala erfahren hast, verschafft uns einen kleinen Wissensvorsprung«, konstatiert Eva entschlossen. »Er weiß nicht, dass du es weißt.«

»Aber wenn Markus es ihm gegenüber erwähnt, dass er es mir gesagt hat?«

»Gegenfrage: Warum sollte er? Du hast deine Überraschung jedenfalls gut überspielt, nein, da mach dir mal keine Sorgen. Auf jeden Fall können wir jetzt an einer Taktik feilen, wie wir deinem feinen Mann eine feine Falle stellen können. Du, ich und natürlich Natalia. Ach, schau mal, wer hier gerade brummt. Als hätte sie uns zugehört!« Mit ihrem typischen »Hi Süße« nimmt Eva Natalias Anruf entgegen.

Erstaunt blicke ich auf, als sie gleich ein »Ja, sie ist bei mir« sagt und bisweilen nur ein »Aha« oder »Oh, verstehe!« einwirft.

Fragend durchbohrt mein Blick Evas Gesicht, während meine Lippen, untermalt von gestikulierenden Handbewegungen lautlos ein »Nun sag schon« formen. Doch Eva winkt mein Flehen harsch ab, um zunächst weiter sehr aufmerksam Natalias Redefluss zu lauschen.

Nach einer kleinen Ewigkeit legt sie endlich auf. Sofort hake ich nach: »Sag schon, was hat sie denn so lang zu erzählen gehabt? Und warum wollte sie wissen, ob ich bei dir bin?« Doch noch will Eva nicht wirklich mit der Sprache rausrücken.

»Komm mit«, sagt sie und zieht mich vom Sofa, »wir beide brauchen jetzt etwas Koffein und müssen ernsthaft nachdenken. Das geht bei mir am besten, während ich Fotos sortiere. Das weißt du doch!«

Brummend laufen zwei doppelte Espressi aus ihrer Luxusmaschine im Studio.

Ich spieße sie mit meinen Augen förmlich auf: »Nun sag endlich, was los ist!«

Doch erst als wir mit der kompakten Koffein-Ladung am großen Arbeitstisch Platz genommen haben, legt Eva umständlich los. »Also, das war Natalia und sie war sich etwas unsicher, wie sie es nun am besten erzählen soll. Vor allem, wie sie es dir überhaupt erzählen soll. Aber sie kennt ja die aktuelle Vorgeschichte noch nicht, weshalb ich es dir jetzt sagen kann, wie es ist: Dein Mann war gerade bei ihr im Atelier.«

Mir fällt fast die Tasse aus der Hand, doch gleichzeitig versuche ich auch, mich selbst wieder zu beruhigen. »Okay, er war ja schon häufiger da, um was abzugeben oder abzuholen.« Noch klingt meine Stimme gelassen.

»Mag sein«, erwidert Eva, »aber er hat sich ausschließlich für das rote Cocktailkleid aus unserem ersten Shooting interessiert. Du erinnerst dich?«

Wie beiläufig öffnet Eva am Mac-Book die Aufnahme aus der Serie, in der ich das Kleid gerade von meinen

Schultern gleiten lasse und dann nur noch in diesem Strapsset mit dem Rücken zur Kamera stehe. Genau das Motiv, welches wir auch auf Evas Instagram-Account verwendet haben. Selbstverständlich wie immer, ohne mein Gesicht zu zeigen.

»Das Kleid hat er gerade gekauft«, fasst Eva den weiteren Gesprächsverlauf mit Natalia nun kurz und bündig zusammen, »mit dem Hinweis, dass es eine Überraschung für dich zum zwanzigsten Hochzeitstag sein soll und er dich damit bei seinem Firmenball groß ausführen will. Und sie dir deshalb auch nichts sagen soll, falls du zufällig mal in den Laden kommst.«

Wortlos starre ich auf Evas Laptop und überlege, warum der eigentliche Schock auf diese Nachricht ausbleibt.

Haben mich die drei Paukenschläge zuvor schon zu sehr aus dem Konzept gebracht, dass mich das letzte Ereignis nun gar nicht mehr berührt?

Dass er jemand anderen in genau diesem, ja eigentlich in dem Kleid, das nur mir allein zusteht, ausführen will?

Ich drehe meinen Kopf in Evas Richtung, sehe in ihre Augen, die dieses Mal nicht wie sonst fröhlich strahlen, sondern einfach nur mitleidsvoll Trost spenden wollen.

Aber ich brauche keinen Trost mehr.

Meine Finger tasten über ihre Lippen, streichen sanft an ihrem Kinn und Hals herab, um sich dann im Ausschnitt ihres weißen Piratenhemdes, das sie mit Vorliebe bei sich im Studio trägt, zu verkrallen.

»Küss mich!«, sage ich bestimmt und ziehe sie mit einem kräftigen Ruck an mich heran. »Und hör nicht auf damit!«

NEUN

Meine Augen wandern durch Evas Studio. Durch das verglaste Dach fällt das fahle Licht der Abenddämmerung und in einem diffusen Blau leuchtet der Bildschirm des aufgeklappten Laptops die Unordnung rund um den Arbeitstisch aus.

Evas weiße Bluse liegt auf links gedreht am Rand der Tischplatte. Direkt darunter steht einer meiner schon lange ausgetretenen und doch so heiß und innig geliebten Fellstiefel. Den anderen mache ich nach einiger Zeit unter dem Drehhocker aus, auf dem Evas wunderschöne Leggings mit dieser herrlich verführerischen Spitzenapplikation liegen. Auf dem Stuhl direkt daneben sind meine Jeans und der lange Strickpullover über die Lehne geworfen.

Schließlich erspähe ich unsere Unterwäsche: Evas verspieltes Bustier, meinen BH und unsere beiden Slips, die achtlos zusammengeknüllt, kaum einen Meter von mir weg, direkt neben dem Sofa auf dem Boden liegen.

Ich drehe meinen Kopf und schaue keine Nasenspitze entfernt in zwei graugrün leuchtende Augen. »Hi«, sagt Eva mit sanfter Stimme, »wie fühlst du dich?«

Ich ziehe ihren Körper unter der riesigen Decke fest an mich und spüre dabei ihre nackte, warme und weiche Haut direkt auf meiner. »Ich weiß nicht«, sage ich, »ich weiß noch nicht, was ich denken soll! Aber irgendwie fühlt es sich gut an. Und richtig! Und schön!«

Eva drückt mir einen zarten Kuss auf den Mund und streicht mir mit ihrer Hand durch die Haare. »Ja, aber glaube mir: Der Katzenjammer wird noch kommen!« Ich schaue sie stumm an und denke zurück an heute Morgen, wo noch alles okay war.

Aber war da wirklich noch alles okay? Haben da nicht bereits viele Zweifel in mir genagt? Ausgelöst von einer Lüge, die mir schamlos ins Gesicht gesagt wurde?

»Ich habe heute Morgen deinen kleinen Trostspender in den Müll geworfen«, murmle ich nach einer Weile und komme mir schon, während ich das sage, ziemlich dämlich vor. Wie sich das anhört! Ich muss an Baby Frances in Dirty Dancing denken: »Ich habe eine Wassermelone getragen!« Genauso schrill muss jetzt mein Satz für Eva geklungen haben.

Doch sie grinst mich nur süffisant an.

»Und dir dafür den großen namens Eva genommen«, kontert sie amüsiert.

»Das ist nicht witzig«, entgegne ich, »kann es sein, dass ich einfach nur aus Frust mit dir geschlafen habe?

Fühlst du dich denn nicht von mir einfach nur benutzt? Scheiße! Und schon denke ich, dass es einfach falsch war, mich so gehen zu lassen.«

Eva schaut mich ernst an. »Aha, wusste ich es doch, der Katzenjammer! Das schlechte Gewissen nagt, und das ist doch ganz normal. Ob ich mich von dir benutzt fühle? Erstens gehören dazu immer noch zwei und ich hätte mich nicht auf dich eingelassen, wenn ich es in diesem Augenblick nicht auch genauso gewollt hätte. Und zweitens hast du dich dieses Mal einfach nur von deinen Gefühlen leiten lassen. Kann das dann so falsch sein?«

Mein Blick verharrt schweigend im Nirgendwo, bevor sie selbst die Antwort gibt. »Schau mal, wie häufig hast du dich wahnsinnig aufgestylt vor mir präsentiert und wolltest schon irgendwie ein Abenteuer wagen. Aber immer hat dein Verstand klar und deutlich nein gesagt. Spiel mit dem Feuer, aber verbrenn dich nicht. Das war die Strategie der dann doch stets beherrschten Laura. Genau deshalb ist natürlich nichts passiert, so aufreizend auch jede Situation für mich war. Selbst an dem Tag bei Natalia im Atelier. Weil es dein Innerstes immer noch nicht zugelassen hat. Und warum hätte ich dich drängen sollen? Nur damit ich endlich mal mein Abenteuer mit der Laura habe? Nein, dazu habe ich dich doch viel zu lieb! Aber heute wolltest du es genauso wie ich auch. Einzig und allein, weil uns unsere Gefühle dazu getrieben haben. Nichts anderes ist jetzt passiert.«

Sie stupst mir mit ihrem Zeigefinger gegen die Nase. »Guck mal, du hättest doch niemals gedacht, dass du mit mir in der Kiste landest und dabei eben keines von diesen ultrasexy Outfits trägst, in denen du die ganze Zeit versucht hast, dich in Stimmung und mich in Wallung zu bringen.«

Lachend strampelt Eva mit ihren nackten Füßen die Decke ein wenig zurück und streicht über meine bunt gestreiften Wollstrümpfe, die ich an kühleren Tagen so gerne in meinen bequemen Fellstiefeln trage.

Endlich muss ich auch schmunzeln. »Stimmt, die sehen nicht gerade sehr prickelnd und schon gar nicht erotisch aus!«

»Aber genau das macht es umso ehrlicher«, erwidert Eva mit wieder ernster Stimme.

Ich schweige und denke darüber nach, wie sehr ich mich wohl nach diesem Sex verzehrt habe, dass ich noch nicht einmal meine Socken ausgezogen habe.

»Was wirst du Paul sagen?«, frage ich.

»Die Wahrheit!«, sagt Eva trocken. »Er kennt meine kleinen Ausbrüche und akzeptiert sie. Dass ich manchmal mit Frauen schlafe, die ich auf meine Art liebe. Das ist unser Agreement: Ehrlichkeit und Offenheit als das Fundament unseres Vertrauens ineinander.«

»Und was ist das mit Natalia?«, hake ich nach.

Sie starrt durch die riesigen Dachfenster des Studio-Lofts in den tiefblauen Abendhimmel. »Das mit Natalia ist was anderes, das ist kein kleiner Ausbruch.«

Sie schweigt eine kleine Ewigkeit und schaut immer noch in die Ferne, bevor sie ihre Antwort fortsetzt. »Wir waren ein Liebespaar, lange bevor ich schließlich mit Paul zusammengekommen bin. Aber ich konnte ihr nicht das bieten, was sie schon immer gesucht hat: die einzig wahre, ja, perfekte Frau an ihrer Seite. Für mich war das damals ein Abenteuer, und uns beiden war irgendwann klar, dass es nicht funktionieren wird. Allerdings fühle ich mich weiterhin für sie verantwortlich und liebe sie halt weiter, nun aber anders als vorher. Das weiß auch Paul. Und vielleicht findet sie eines Tages ja doch die Miss One and Only... Ich würde es ihr so von Herzen gönnen!«

Ihr Blick wendet sich wieder mir zu.

»Aber was wirst du jetzt machen? Vor allem, wenn dein Mann plötzlich doch das Kleid vor deinen Augen aus dem Karton zieht, um dich wie die Königin der Nacht groß auszuführen, vielleicht sogar, Surprise, Surprise, auf den Firmenball?«

Allein bei dem Gedanken laufen mir schon kalte Schauer über den Rücken und mir wird erneut übel.

Ich schlucke tief: »Vermutlich auch die Wahrheit sagen?«

»Klar«, hält Eva hartnäckig dagegen, »aber denk dran: Zur Wahrheit gehört auch das, was gestern war. Und vorgestern. Und all das, was in den letzten Jahren war. Eigentlich muss man sagen: was nicht mehr war! Du bist ja nicht zu mir gekommen und hast dich Hals über Kopf auf mich gestürzt. So wie ich das sehe, war Thomas in den letzten Jahren nicht gerade der große Verehrer und hat den Boden geküsst, auf dem du gelaufen bist! Oder hat dir einfach nur die Kleider vom Leib gerissen und dir den Sex deines Lebens geboten.«

Sie grinst stolz und zufrieden: »Den hast du dir jetzt mit mir endlich wieder mit vollem Herzen und aus ganzer Seele gegönnt!«

Ich denke an unsere wild im Raum verstreuten Klamotten und spüre, wie recht sie doch hat.

»Nein, das hat er tatsächlich nicht«, flüstere ich fast schon lautlos in mich hinein.

»Siehst du«, setzt Eva bekräftigend nach, wuselt durch meine zerstrubbelten Haare und gibt mir einen leidenschaftlichen Kuss auf den Mund. »Und dabei schaust du einfach nur umwerfend aus. Wie kann man dich denn nur links liegen lassen!«

Zweifelnd schaue ich sie an. »Ich habe es heute noch nicht einmal zu einer Katzenwäsche geschafft. Ganz abgesehen davon, dass ich weder mein Gesicht gepudert noch etwas Lidschatten aufgetragen habe!«

»Genau das ist es, was dich auch anziehend macht«, entgegnet Eva, »das hier und jetzt bist einfach nur du. Ohne Make-up, ohne Heels, ohne Spitzentanga. Die ganz alltägliche Laura, mit ihrem großen Herzen und ihrer großen Lust am Leben. Mehr braucht es nicht!«

Sie schlägt die bunte Patchwork-Decke zurück, steht auf und geht quer durch den Raum zum Tisch, während ich meinen Blick nicht von ihrem apfelrunden Po, ihren herrlichen Beinen mit den wunderbar straff geschwungenen Waden und schmalen Fesseln wenden kann. »Lust auf ein kleines Experiment?«, fragt sie, während sie nach ihrem Smartphone greift und sich, die eine Hand kokett in die Hüfte gestemmt, zu mir umdreht.

Verwundert stelle ich fest, dass mir unsere gemeinsame Nacktheit mit einem Mal vollkommen normal vorkommt. Und wieder ergreift mich dieses intensive Gefühl, welches ich schon bei unserer ersten Begegnung in Natalias Atelier gespürt habe: Es ist, als ob ich Eva schon seit Anbeginn meiner Tage kennen würde! So vertraut kommt sie mir vor, als ich diese wunderschönen Details ihres Körpers im fahlen Licht des Studios mit meinen Blicken förmlich verschlinge, während sie mit einem leisen Lächeln auf den Lippen wieder langsam auf mich zugeht: der feine Schwung ihres wunderschönen Busens mit den erregt herausragenden Brustwarzen, ihr fein verknoteter Bauchnabel und der akkurat gestutzte, rötlich schimmernde Haarstrich über ihrer Vagina.

»Rutsch rüber, Sweetie«, sagt sie mit rauer Stimme und schiebt sich wieder aufs Sofa.

Schon spüre ich all das, was ich gerade ausgiebig betrachten durfte, direkt auf meiner Haut. Tief inhaliere ich ihren herrlichen Eva-Duft, als sich ihr Kopf an meine Schulter lehnt und ihre dichten Haare mich bei jedem Atemzug an der Nase kitzeln.

Ein wahnsinniges Verlangen ergreift mich.

»Pass auf«, flüstert sie in mein Ohr und richtet das Handy am ausgestreckten Arm über unseren Köpfen aus. Ich sehe unsere zwei Gesichter im Display erscheinen, als sie auf den Auslöser drückt. Gemeinsam betrachten wir die Aufnahme. »Das ist es! Einfach wunderschön, dein Blick und mein Blick - gefällt es dir?«

Ich nicke zufrieden. »Ja, das ist ein perfekter Moment!«

Andächtig verfolge ich, wie Eva die Aufnahme mit schnellen Handbewegungen so zurechtschneidet, dass nur ein kleiner Ausschnitt unserer beiden Gesichter übrigbleibt und unsere nackten Brüste nur noch angedeutet werden. »Immer noch okay für dich?« Ich nicke.

Dann öffnet sie ihr Insta-Profil, um das Bild mit einem kurzen Text hochzuladen: »Auch mal #ungeschminkt und #ohnefilter. Wollt ihr #dienacktewahrheit von Eva und ihrem Lieblingsmodel sehen?«

Eva schaut mich fragend an. Ich scrolle durch die Auswahl der Emojis, füge noch zwei große Kussmünder ein und drücke auf den Pfeil zum Veröffentlichen.

Binnen Minuten prasseln Hunderte von Likes ein. »Dabei haben wir das noch nicht einmal zur Primetime hochgeladen«, lacht Eva zufrieden.

Interessiert lese ich mich nach einer Weile durch die vielen bewundernden, zum Teil aber auch zotigen Kommentare. Ich sehe Unmengen von Herzen, küssenden Emojis, loderndem Feuer, gefolgt von einer Vielzahl an Wow, Hot oder Sexy. Plötzlich poppt eine persönliche Nachricht auf, und verwirrt lese ich den Text, der auf dem Display erscheint: »Schon ein heißes Paar, aber du und dein Top-Model nun gemeinsam in der Kiste? Muss ich jetzt etwa eifersüchtig werden?« Sofort erfasst mich ein beängstigendes Gefühl. Beunruhigt schaue ich Eva an: »Wer ist das? Was meint der? Und warum konnte der mich denn auf dem Bild gleich erkennen?«

Sie klickt auf den Usernamen, der zu einem privaten Account ohne Inhalt führt. »Hmm, warte mal«, grübelt Eva, um wieder ihren Nachrichtenordner zu öffnen.

»Ja, genau, das ist er. Der ist seit ein paar Wochen einer deiner treuesten Fans. Schickt immer wieder Nachrichten, sobald ich etwas von dir veröffentliche. Und auch nur dann! Auf andere Fotos reagiert der nicht. Sorry, aber ich wollte dich damit nicht belästigen und deshalb habe ich eigentlich auch nie persönlich auf seine Nachrichten reagiert, sondern sie nur mit einem Like, Kussmund oder Daumen hoch versehen. Du weißt ja, wie ich das handhabe. Kundenpflege und so weiter…«

Gebannt lese ich die vielen, oftmals sinnlichen, vor allem aber stets sehr respektvoll verfassten Komplimente des unbekannten Verehrers.

»Wohl auch ein einsamer Wolf da draußen, der sich wie du nach Nähe und Liebe sehnt«, wirft Eva ein, die parallel mitgelesen hat. »Ja, schon möglich«, entgegne ich bedächtig, merke aber auch, dass mein Unbehagen nicht ganz verschwinden will.

»Willst du ihm mal antworten?«, fragt Eva. »Der klingt schon so, als würde er den Boden küssen, über den du gelaufen bist.«

Zweifelnd schaue ich sie an. Sehe ich vielleicht doch zu viele Gespenster? Hat nicht der heutige Tag gezeigt, dass ich manchmal einfach nur nach meinem Glück greifen muss, wenn es sich zeigt? Ja, warum sollte ich nicht doch mehr wagen und weniger hinterfragen? Tief ausatmend versuche ich, meine Angst immer weiter zur Seite zu schieben.

»Noch nicht!«, antworte ich schließlich nach einer ganzen Weile. »Aber vielleicht in fünf Tagen.«

Eva schaut mich perplex an: »Warum genau dann?«

»Weil dann mein vielleicht letzter Hochzeitstag vo-rüber ist«, flüstere ich ihr mit einem schmatzenden Kuss ins Ohr und kuschle mich wieder ganz eng an ihren wunderbar warmen Körper. Aufgeregt registrierte ich, wie sich Evas Zehen in den Rand meiner Wollsocken verkrallen und diese langsam nach unten ziehen.

»Lust auf deinen nächsten Höhepunkt, schöne Frau?«, raunt sie mir mit lüsterner Stimme ins Ohr.

ZEHN

Mein Mann lässt den Knaller ganz beiläufig beim gemeinsamen Abendessen fallen. »Übermorgen ist ab Mittag unsere Generalprobe für die Gala. Das wird bis spät in den Abend hinein dauern. Ich würde dann gleich in der City bleiben, weil wir am nächsten Morgen die internationalen Kunden für die Jahresgespräche erwarten.«

»Übermorgen ist auch unser zwanzigster Hochzeits-tag«, entgegne ich spitz. »Das heißt, wir sehen uns dann nur morgens zum Frühstück?«

»Uhuhu, dicke Luft im Anmarsch«, murmelt unser Sohn, »muss ich nicht haben. Kommst du mit, Schwes-terherz?« Schon sind beide aus dem Raum nach oben im Haus verschwunden.

Mein Mann schweigt eine Weile. »Mal ehrlich, Laura, ist dir gerade nach Feiern zumute? Nur weil es genau jetzt das Datum vorgibt?«

»Nein«, sage ich mit kalter Stimme, »aber vielleicht wäre das Datum mal ein Anlass, darüber nachzudenken, ob du irgendwann überhaupt noch mit mir feiern willst!«

Ich stehe abrupt auf und bin froh, noch meine Schuhe anzuhaben.

»Oder ob dir nicht viel mehr danach ist, mit deinen Kollegen und Kolleginnen, vor allem mit einer ganz spe-ziellen Kollegin zu feiern.« Schon habe ich Mantel und Handtasche gegriffen und mit einem lauten Knall die Haustür hinter mir geschlossen.

Als ich über das Grundstück zur Straße gehe und zurück auf unser Haus schaue, sehe ich durch das große Kü-chenfenster meinen Mann mit leerem Blick allein am Ess-tisch sitzen.

Mehrfach wende ich mich auf dem Weg zur Metro nochmals um, ob er mir nicht doch folgt.

Und bei jeder Kopfdrehung spüre ich, wie Wut und Enttäuschung gleichermaßen steigen.

Mit leisem Surren fährt die Bahn ein, zischend öffnen sich die Türen. Noch einmal fixieren meine Augen die Rolltreppe. Doch sie fährt ohne Unterlass mit leeren Stufen nach unten. Das rote Licht an den Türen blinkt bereits, als ich im letzten Augenblick in die Metro einsteige.

Ich krame mein Handy aus der Tasche. Keine Nachricht vorhanden.

Grübelnd betrachte ich mein Spiegelbild, das sich in der dunklen Tunnelröhre auf der Scheibe abhebt.

Heike? Nein. Das wird mir zu dramatisch werden.

Ob mir Natalia für heute Nacht Unterschlupf gewähren kann?

Eva wollte erst morgen Abend von der Abschlussbesprechung ihres Sirion-Auftrags zurückkommen. Ich öffne den Chat mit Natalia: »Bist du noch im Atelier, bräuchte dein Sofa für heute Nacht.«

Sofort kommt die Antwort. »Nein, du kommst zu mir nach Hause. Keine Widerrede!«

Mit schlechtem Gewissen, mich schon wieder bei jemanden ausheulen zu müssen, klicke ich auf den Standort, den sie ihrem Befehl angefügt hat.

Natalia empfängt mich in ihrer gemütlichen Altbauwohnung und drückt mich sehr lange und sehr fest. »Komm in die Küche«, sagt sie, »ich habe mir gerade ein paar Piroggen nach einem alten Familienrezept gemacht. Meine Oma hat immer gesagt: Hast du Sorgen, iss Piroggen, hast du mehr Sorgen, iss noch mehr Piroggen.« Ich schaue sie verdutzt an, und plötzlich müssen wir beide laut loslachen. »Schon besser, oder?«, zwinkert mich Natalia an. »Komm, setz dich und erzähle!«

»Dass ich ausgerechnet dieses Kleid an diesem Tag ins Schaufenster hängen musste«, sinniert Natalia später und nippt an ihrem Wein, während wir es uns, sie im Schneidersitz und ich mit angezogenen Beinen, auf ihrem superbreiten Sofa bequem gemacht haben. »So ist das Ganze jetzt komplett aus dem Ruder gelaufen.«

»Nein«, entgegne ich entschieden, »vielleicht beschleunigt es jetzt nur das, was wir seit Ewigkeiten vor uns herschieben. Ich bedaure nicht einen Augenblick der letzten Monate. Schon gar nicht den allerersten, als ich bei dir im Atelier auf die Schuhe gestoßen bin und du mich dann angestupst hast.« Verträumt erinnere ich mich an die schrille Cinderella-Szene auf ihrem Ankleidepodest und proste ihr mit sentimentalem Blick zu.

»Danke! Das alles hat endlich mein Leben verändert!«

Natalia lächelt tiefgründig zurück. »Trotzdem, hier ist noch einiges, was geklärt werden muss. Aber nicht mehr heute Abend. Wir klappen jetzt das Gästebett auf und du kannst so lange bleiben, wie du willst. Morgen Abend kommt Eva zurück und dann machen wir zusammen einen Plan.«

»Danke«, seufze ich noch einmal aus tiefem Herzen und merke, wie sich meine Augen nun doch ob der Ungewissheit, was noch alles kommen mag, mit Tränen füllen. Natalia nimmt mich in den Arm und ich höre, wie sie mir ins Ohr flüstert: »Keine Sorgen machen, sonst hole ich dir noch einen Piroggen!«

Prustend gebe ich ihr einen Stupser. »Gott bewahre, deine Oma mag Recht haben, aber dann passe ich nie wieder in eines deiner Kleider.«

♣

»Die Frage ist: Was willst du?« Ich spüre, wie mich Evas Augen vierundzwanzig Stunden später in Natalias Küche fixieren.

»Gewissheit«, sage ich.

»Auch wenn sie dir sehr weh tun wird?«, fasst sie hartnäckig nach.

»Auch dann«, antworte ich mit fester Stimme. »Ich muss wissen, woran ich bin. Ohne Wenn und Aber. Erst dann weiß ich, ob ich auch um ihn, nein, um uns kämpfen will. Zwanzig Jahre schmeißt man nicht einfach weg oder hakt sie nur noch ab. Oder sucht sich zum Trost einen anderen einsamen Wolf da draußen.«

Natalia guckt uns verständnislos an.

»Der heimliche Verehrer, der auf Insta immer die süßen Komplimente schickt, wenn ich was von Laura hochlade. Du erinnerst dich?«, hilft Eva ihr auf die Sprünge.

»Ach der! Ja, der scheint ein echter und ehrlicher Romantiker zu sein. Wenn es so was in weiblich geben würde«, seufzt Natalia und schaut verträumt in ihr Weinglas.

»Die Richtige kommt noch. Bestimmt!«, tröstet sie Eva, während sie aufsteht, ihre Freundin von hinten umarmt und ihr kleine Küsschen aufs Ohr drückt. »Erst mal renken wir das mit Laura ein und dann bist du an der Reihe! Also meine Mädels, sind wir fit für morgen?«

»Ja!«, sagen Natalia und ich wie aus einem Munde. »Dann also«, erhebt Eva ihre Stimme und zugleich ihr Weinglas, »auf Laura, auf ihren Hochzeitstag… oder auf deinen großen und unbekannten Verehrer, Mister einsamer Wolf?«

»Nein«, sage ich, »auf euch zwei, die ich so sehr liebgewonnen habe. Und auf meine Kinder, die vielleicht etwas oder bereits alles ahnen, aber wirklich tough sind.«

Klirrend stoßen unsere Gläser zusammen.

ELF

Durch die verregnete Seitenscheibe von Evas Auto beobachte ich unser Haus von der gegenüberliegenden Straßenseite. Instinktiv drehe ich den Kopf zur Seite, als Frau Lachmann mit ihrem Hund um die Ecke biegt.

Aus den Augenwinkeln sehe ich, wie sie grüßend die Hand hebt, dann aber bei dem Nieselregen schnell weitereilt.

Ich spüre, wie sich mein Puls beschleunigt und rutsche noch etwas tiefer in den Fahrersitz. Mein Mann kommt aus der Einfahrt und scheint unserer Nachbarin ein paar

Worte zuzurufen, worauf sie kurz verharrt und ihm dann noch einmal zurückwinkt.

Ein Stich fährt mir mitten ins Herz, als er nur wenige Meter entfernt von mir die Straße überquert, den Kleidersack mit seinem Smoking über den Arm gehängt, mit der freien Hand einen großen, flachen Karton tragend.

Ein Karton, der mir sehr vertraut vorkommt.

Es ist einer von denen, die Natalia nutzt, um die Kleidungsstücke für ihre Kundschaft zu verpacken.

Einen schönen Hochzeitstag, murmle ich grimmig in mich hinein, während Thomas die Sachen im Kofferraum seines Dienstwagens verstaut. Ich warte, bis die Rücklichter an der Kreuzung zur Hauptstraße verschwunden sind und steige aus.

Als ich die Haustür aufschließe, kommt mir mein Sohn entgegen und schaut mich erstaunt an: »Du hier?«

»Guten Morgen, Moritz«, sage ich, »ja, ich hier. Das ist immer noch mein Zuhause.«

»Klar, Mum, dir auch 'nen guten Morgen«, grinst er mich an und gibt mir einen Kuss auf die Wange. »Aber bevor du fragst, ich bin raus. Das ist allein euer Ding. Und ich bin ab heute Nachmittag mit dem Hockey-Team unterwegs. Sehen wir uns am Sonntag wieder?«

»Bestimmt!«, sage ich und umarme ihn. »Pass auf dich auf, ja?«

»Immer!«

Er windet sich aus der mütterlichen Umarmung. »Ich muss jetzt wirklich los! Hab dich ja auch lieb.«

Als ich die Treppe hochgehe, kommt meine Tochter gerade aus dem Badezimmer. »Wieso haust du einfach ab?« Wütend funkelt sie mich an. »Und dann nur diese kurze Nachricht im Familienchat. Alles okay, macht euch keine Sorgen. Nix ist okay. Weißt du das eigentlich?«

Ich schlucke und will sie tröstend in den Arm nehmen. Brüsk wehrt sie meinen Annäherungsversuch ab.

»Lass mich, ich muss los. Und nach der Schule bin ich bei Pauline, nur damit du weißt, wie man sich vernünftig abmeldet.«

»Schläfst du auch bei ihr?«, rufe ich ihr hinterher, während sie an mir vorbei die Treppe hintereilt.

»Weiß ich noch nicht!«

»Aber du sagst bitte Bescheid, meine Süße. Mara! Hörst du mich?«, setze ich noch einmal energisch nach.

»Bin ich du?«, faucht sie giftig zurück und verlässt mit einem lauten Türenschlagen das Haus.

Das Bett in unserem Schlafzimmer ist ordentlich gemacht und fühlt sich kalt an. Ob mein Mann überhaupt hier geschlafen hat? Langsam streife ich meine Klamotten ab, die ich seit vorgestern nicht mehr gewechselt habe, schmeiße sie in den Wäschesack und schaue mich lange im großen Spiegel an.

Für zwei Jahrzehnte Ehe und zwei fantastische Kinder habe ich mich doch wirklich gut gehalten, flüstere ich stolz meinem Spiegelbild zu, während ich mich auf Zehenspitzen in Pose stelle und mir mit meinen Händen die Haare hochstecke. Was meinen Sie, Herr... hmm, einsamer Wolf?

Ich drehe mich um meine Achse, betrachte über die Schulter meine Rückseite und klatsche mit der flachen Hand auf meinen nackten Po, wobei mir die Haare wieder übers Gesicht fallen und ich einen kleinen Schmollmund ziehe: Aber hallo, Herr Wolf, wie wäre es, wollen Sie es trotz meines fortgeschrittenen Alters vielleicht doch noch einmal mit mir wagen? Ich hätte da immer noch einiges zu bieten!

Keck winkle ich das linke Bein an und versuche mit dem rechten, weiter auf Zehenspitzen balancierend, die Spannung möglichst lange zu halten.

Ich denke an Eva, die jetzt ihre helle Freude gehabt hätte, genau bei dieser Pose abzudrücken. Und im Geiste höre ich auch ihre so vertraute Stimme in dem leeren Zimmer: Jetzt aber ab ins Bad mit dir, schöne Frau, wir haben heute doch noch viel zu tun!

Voller Elan stehe ich eine Stunde später geduscht, die feuchten Haare noch in ein Handtuch gewickelt, vor meiner Kleiderschrankseite und fahre mit frisch manikürten Fingern über die immense Auswahl.

Unschlüssig ziehe ich immer wieder ein Teil heraus, um es gleich wieder zu verwerfen. Zu alltäglich, zu aufgedonnert, zu verspielt, zu aufreizend…

Am besten eine Mischung aus allem, denke ich und entdecke dabei einen weiteren Karton, den mir Natalia vor einiger Zeit in die Hand gedrückt hat. »Schlüpf bei Gelegenheit mal rein. Es ist was komplett anderes, und dann sagst du mir, was wir noch ändern müssen,« hatte sie mir damals mit auf den Weg gegeben. Ich öffne den Deckel und lege ein unfassbar schönes Meisterwerk auf dem Bett aus.

Wow, schießt es mir sofort durch den Kopf, als ich es mir vor dem Spiegel anhalte, das ist es! Das ist der perfekte Dress für einen Tag wie heute.

♣

»Wow!«, rufen Eva und Natalia unisono aus, als ich am frühen Abend die Tür zur kleinen Schneiderei aufstoße und dabei das schützende Cape von meinen Schultern gleiten lasse.

»Du siehst umwerfend aus«, strahlt mich Eva an und haucht mir einen Kuss auf den Mund. »Nicht, dass ich jetzt vor lauter Begierde deinen herrlichen Lippenstift verwische.«

Zufrieden und auch stolz drehe ich mich langsam um mich selbst, während mein Blick auf Natalia ruht. »Und was sagt die Schneidermeisterin?«

Natalia schluckt: »Laura, ich bin sprachlos! Es ist wie für dich gemacht. Wir müssen hier, glaube ich, überhaupt nichts mehr ändern!«

»Nein, hier wird nichts mehr geändert«, erwidere ich, »du hast es einfach nur perfekt gemacht. Und es ist unfassbar schön. Aber weißt du, was das Beste ist?«

Ich hebe mein rechtes Bein und spanne dabei den Fuß so an, dass mir der Schuh von der Ferse rutscht und ich ihn spielerisch an meinen nackten Zehen frei wippen lassen kann. »Es passt beides perfekt zusammen: Dein einmaliger Jumpsuit und dazu diese einmaligen Schuhe. Die Schuhe der Schneiderin!«

»Jetzt sind es aber nur noch deine Schuhe, du hast sie dir doch regelrecht verdient«, korrigiert Natalia liebevoll und grinst zufrieden.

»Schluss mit den Sentimentalitäten, Mädels!«, unterbricht uns Eva rigoros. »Legen wir endlich los!«

Eine Stunde später knallen sechs hohe Absätze wie Peitschenschläge durch die Hotellobby. Als wir auf die Bar zusteuern, wenden sich nicht wenige Köpfe in den gut besuchten Sitzgruppen um und folgen uns mit neugierigen, zum Teil aber auch sehr anzüglichen Blicken. Von der Theke winkt uns Daniela unauffällig zu.

»Hier rüber«, sagt sie, als wir schließlich vor ihr am Tresen stehen, »ich habe euch bereits ein diskretes Plätzchen freigehalten!«

Eva strahlt sie liebevoll an: »Danke Darling, das ist perfekt. Machst du uns drei Martini?«

»Kommen sofort mit dem, was ihr noch bestellt habt!«, antwortet die kleine Kellnerin und lässt uns zunächst in einem schwer einsehbaren Separee Platz nehmen.

Kurz darauf serviert sie die Getränke.

»Darf ich noch bemerken, dass das ein Hammer-Outfit ist.« Daniela wirft einen bewundernden Blick in meine Richtung. »Danke schön!«, sage ich aufgewühlt. »Obwohl es nicht das ist, was mir für meinen zwanzigsten Hochzeitstag angekündigt wurde.«

Nun beugt sie sich zu Eva herunter. »Jetzt zu den Infos, die ihr haben wolltet. Von dieser Probe für die Gala im Ballsaal weiß keiner was. Ich war selbst vorhin noch mal hinten. Es ist zwar alles fertig aufgebaut und ein Techniker war auch noch da. Aber der meinte nur, dass die Probe laut seinem Zeitplan erst für morgen Vormittag angesetzt ist. Aber jetzt kommt es: Einen Thomas Hermes haben wir hier nicht eingebucht.«

Ich schaue zunächst Daniela und dann Eva erstaunt an. »Keinen Herrn Hermes?«, frage ich perplex.

»Nein«, erwidert die Barfrau und macht eine kleine Kunstpause, bevor sie mit ihrer Antwort fortfährt, »aber dafür eine Jana Hartwald. Für eine Nacht, gebucht auf Zimmer 1051!«

Eva nippt an ihrem Cocktail und scheint nur wenig überrascht. »Ich wusste, warum ich dir beide Namen gegeben habe. Danke! Und mach dir keine Sorgen. Niemand wird je erfahren, dass wir diese Info von dir haben!«

Daniela zwinkert ihr konspirativ zu. »Weiß ich doch, und überhaupt, welche Info? Da hat doch nur jemand seine doppelte Zimmerkarte für die 1051 hier liegen gelassen!«

Drei Augenpaare sehen erstaunt zu, wie sie ein Schälchen Oliven von ihrem kleinen Tablett auf den Tisch stellt und dezent eine Chipkarte daneben platziert.

»Ich muss zurück zur Theke. Aber ich glaube, ihr seid nun bestens versorgt?«, raunt uns Daniela zu und verschwindet mit einem verschwörerischen Grinsen, das sie uns noch über die Schulter zuwirft, wieder in Richtung Theke.

»Planänderung?«, frage ich in unsere Runde.

»Warum?«, entgegnet Eva. »Ob sich nun dein Göttergatte das Zimmer nimmt oder seine Assistentin es fürs Schäferstündchen gebucht hat. So ist es für ihn wahrscheinlich noch eleganter! Da kann er sich doch, im wahrsten Sinn, immer schön aus der Affäre ziehen. Wahrscheinlich war die Zimmerkarte, die du in seinem Smoking gefunden hast, auch schon auf die Hartwald gebucht. Willst du es noch mal kontrollieren? Unsere nette Cocktail-Queen kann uns sicherlich nochmals weiterhelfen.«

»Nein«, beschließe ich kopfschüttelnd nach einem kurzen Moment des Zögerns, »ich wage es!«

»Denk dran, wir sind immer bei dir, das weißt du!« Natalia legt den Arm um mich und drückt mich fest an sich. »Und boxen dich immer und überall wieder raus«, ergänzt Eva, während sie meine Hände nimmt und diese kraftvoll umschließt.

»Ich weiß«, sage ich noch einmal tief ausatmend, »und dafür bin ich euch unendlich dankbar. Die letzten Wochen, nein, Monate waren die aufregendste Zeit in meinem Leben, die ich niemals vergessen werde. Aber diesen Schritt muss und will ich jetzt allein gehen. Versteht ihr das?«

»Voll und ganz, Sweetie!« Eva schaut mich auf einmal sehr ernst an. »Ich hätte nichts anderes von dir erwartet. Das musst du jetzt wirklich allein zu Ende bringen.«

Sie leert ihr Glas mit einem Zug und greift zugleich nach Natalias Hand.

»Komm, mein tapferes Schneiderlein, ich brauche jetzt meinen Lieblingsclub, einen starken Gin Fizz, aber nur gemixt von Eduardo und dazu noch seine verdammt laute Feierabendmusik.«

Im nächsten Augenblick drücken sich zwei Münder links und rechts auf meine Wangen. »Eine Nachricht von dir und wir sind sofort zur Stelle! Und spätestens morgen wollen wir alles wissen, versprochen?«

»Versprochen!« Ich spüre, wie meine Anspannung schlagartig wächst, versuche aber, ihnen weiterhin zuversichtlich in die Augen zu schauen, bevor ich aufstehe und mit einer schnellen Drehung aus der Hotelbar eile.

Meine Stilettos klackern in hartem Stakkato über den glänzenden Granit, als ich auf die Fahrstühle neben der Rezeption zusteuere: Mach es, mach es, mach es – schießt es mir bei jedem Schritt durch den Kopf.

Dann drücke ich am Lift den Knopf mit dem Pfeil nach oben.

Ungeduldig starre ich auf die bläulich schimmernden Positionsanzeigen über den goldschimmernden Lifttüren, in denen sich die leere Lobby spiegelt. Eva und Natalia sind bereits durch die Drehtür verschwunden und müssten längst im Taxi sitzen, welches sie an der Bar von Eduardo ausspucken wird.

Die zwei Fahrstuhlkabinen scheinen dagegen in den jeweiligen Stockwerken festgefroren zu sein, eine ganz oben in der Siebzehn, die andere unten in der Tiefgarage. Nervös spiele ich mit der Zimmerkarte, die Daniela uns zugesteckt hat.

Endlich bewegt sich die Kabine aus der obersten Etage nach einer gefühlten Ewigkeit tatsächlich abwärts. Aber nicht ohne dass auf jedem Stockwerk anscheinend jemand aus- oder zusteigt. Beschwörend taxiere ich die Ziffern der Anzeige auf ihrem Weg nach unten: neun, sieben, fünf, vier, drei…

Nun mach schon, denke ich immer noch aufgeregt, inzwischen aber auch ein wenig genervt.

Die Tür geht auf und eine Armada an festlich gekleideten Menschen drängt mit lautem Stimmengewirr aus der Kabine an mir vorbei. Wahrscheinlich eine ganze Festgesellschaft, die in jeder Etage mit offener Tür auf die Nachzügler gewartet hat. Und sich auch beim Aussteigen alle Zeit der Welt lässt!

Während sich meine Ungeduld immer mehr in eine kleine Wut wandelt, höre ich, wie mit leisem Surren nun auch die zweite Fahrstuhltür aufgeht.

Ein kurzer Blick über die Schulter reicht: leer!

Schon bin ich mit einem großen Schritt in der Kabine und will die Zehn drücken, als ich irritiert bemerke, dass die Ziffer bereits hell leuchtet.

Doch nicht leer?

Erst jetzt nehme ich aus den Augenwinkeln eine dunkel gekleidete Person wahr, die anscheinend im Parkdeck eingestiegen sein muss und nun wie ich auf dem Weg nach oben in dieselbe Etage ist. Ein Zufall?

Egal! Hastig drücke ich den Türschließer und fixiere dabei die Lobby, durch die sich die fröhliche Partymeute lärmend in Richtung der Festsäle bewegt. Mit einem leisen metallischen Klacken schieben sich die Türhälften zusammen und mit einem sanften Ruck bewegt sich die Kabine endlich nach oben, während ich mit gesenktem Kopf wieder nachdenklich die Magnetkarte betrachte, die ich wie eine gezückte Waffe mit meiner rechten Hand fest umklammere.

Noch immer funkelt dort auch der Ehering an meinem Ringfinger.

Habe ich wirklich den richtigen Plan gefasst?

Will ich überhaupt hinter diese verschlossene Tür sehen? Meinen Mann und diese Frau, womöglich in meinem Kleid, ausgerechnet an unserem Hochzeitstag?

Mein Blick verharrt auf dem blau blinkenden Anzeigenfeld: drei, vier, fünf, sechs...

Ohne Zwischenstopp schweben wir unserem Ziel jetzt unaufhaltsam entgegen.

Für einen kurzen Moment wandert mein Blick zur Kabinentür und erst jetzt nehme ich durch das Spiegelbild zur Kenntnis, wer da überhaupt mit mir im Lift steht. Feuerrot schimmern lackierte Fußnägel durch sehr transparente, schwarze Strümpfe, die von straff geschnürten Lackriemen metallbeschlagener Plateau-Heels fest umschlungen werden. Ich wage nicht, meine Augen noch höher über den Saum eines nassglänzenden Lackmantels wandern zu lassen, der leicht ausgestellt über den Knien endet. Denn ich spüre förmlich, wie sich der Blick meiner unbekannten Begleitung in den Hinterkopf brennt und sie nur darauf wartet, dass ich ihn endlich erwidere.

Auch das noch, stöhne ich innerlich auf: Ist das etwa eine Hure, aufgetakelt wie eine Domina? Wie ich auf dem Weg in dieselbe Etage?

Schon höre ich eine kehlig rauchige Stimme wie einen Peitschenhieb in meinen Ohren knallen. »Los, Mädel, trau dich doch! Schau mich doch an!« Doch lediglich das leise Surren der sich öffnenden Kabinentüren durchbricht schließlich die atemlose Stille der letzten Minute.

♣

»Die Zehn, wollen wir beide nicht hier raus?« Mit leicht spöttischem Unterton höre ich eine in Wirklichkeit samtweiche Stimme plötzlich ganz nah an meinem Ohr.

Verstört zucke ich zusammen.

»Ja, natürlich, verzeihen Sie, ich war ganz in Gedanken...«, stammle ich verwirrt los und schaue ihr nun zum ersten Mal direkt ins Gesicht.

»Kann ich vielleicht helfen?«

Ein schelmisches Grinsen umspielt ihre perfekt gezogenen, in aufreizendem Rot leuchtenden Lippen. Ihre leicht nach oben gezogene Augenbraue untermalt die Süffisanz, mit der sie gleich selbst ihre Frage beantwortet: »Anscheinend wissen wir wohl noch nicht, welche Richtung wir einschlagen wollen!«

Wir stehen uns auf dem leeren Hotelflur gegenüber, der sich in einer endlosen Flucht vor den Aufzügen teilt.

Breite Pfeile weisen in Richtung der jeweiligen Zimmernummern. Stumm blicke ich nach rechts und warte darauf, dass sich meine Zufallsbekanntschaft vor mir auf den Weg macht.

»Angst vor der eigenen Courage? Sackt jetzt doch das Herz ins Höschen?«

Ein wenig konsterniert ob ihrer unverblümt direkten Art zucke ich mit dem Kopf in ihre Richtung und ohne es wirklich zu wollen, bleiben meine Augen nun etwas länger in ihren hängen.

Was für eine Magie von ihnen ausgeht, denke ich unvermittelt, es könnte Evas große Schwester sein!

Dummerweise sitzt der Kloß jetzt verdammt fest in meinem Hals. Nur ein brüchiges »Nein« kommt über meine Lippen. Ich räuspere mich, um dann nochmals mit etwas festerer Stimme zu betonen: »Nein, ich denke schon, dass ich genau weiß, was ich will!«

»Na dann«, entgegnet sie betont langsam, wobei der spöttische Unterton weiterhin unüberhörbar bleibt, »will ich dem doch nicht entgegenstehen!«

Wortlos wende ich mich wieder ab und folge mit weit ausholenden Schritten dem Pfeil, der in Richtung von Zimmer 1051 weist.

Der dicke Hotelteppich schluckt jeden Schritt, aber ich spüre, wie meine ungebetene Bekanntschaft mit einigem Abstand dieselbe Richtung einschlägt.

1028, 1036, 1049… Meine Augen fliegen förmlich über die Ziffern an den Türen, während sich aber auch mein Puls im gleichen Zug immer rasanter beschleunigt.

Was werde ich wohl gleich zu sehen bekommen? Was will ich überhaupt machen? Will ich überhaupt noch was machen? Der feste Plan, meinem Mann gleich die Szene seines Lebens zu bereiten, scheint mir gerade immer mehr zu entgleiten. Wären doch Eva und Natalia jetzt noch an meiner Seite!

Vor lauter Aufregung fällt mir schließlich auch noch die Zimmerkarte aus der inzwischen nass verschwitzten Hand.

Konsterniert schaue ich zu Boden, wo eine rot bekrallte Hand die Karte aufhebt und sie mir dicht vors Gesicht hält. »Dein erstes Mal, Schätzchen?«

Plötzlich ist jeder Spott aus ihrer Stimme gewichen: »Hör mal, wenn ich…«

»Es ist nicht das, was Sie denken. Und bestimmt will ich nicht das machen, was Sie hier machen!«, unterbreche ich sie nun ein wenig schroffer als beabsichtigt. »Ich habe hier was ganz anderes zu tun, hören Sie? Ich…«

Mein Blick fällt über ihre Schulter direkt auf die Tür mit der Zimmernummer 1051, durch die ein zwar leise gedämpftes, aber dennoch deutlich wahrnehmbares und langgezogenes Stöhnen dringt, gefolgt von einem spitzen Schrei in sehr, sehr hoher Tonlage.

Ich verstumme mitten im Satz.

Stirnrunzelnd dreht meine Begleiterin ihren Kopf in Richtung Tür, um dann mit ihren Augen zunächst auf der Zimmerkarte und schließlich wieder bei mir zu landen. »Also, meine Liebe, wenn du das machen willst, was ich normalerweise mache, dann bist du hier eindeutig zu spät dran. Es sei denn, das Ganze ist ein Spiel, welches ich aber noch nicht verstehe. Und wenn du, warum auch immer, als ungebetener Überraschungsgast in diese Szene springen willst, sage ich dir aus meiner professionellen Sicht: Lass es, es lohnt nicht. Dafür bist du inzwischen auch zu spät dran!«

Sie schweigt für einen kleinen Moment, bevor sie grinsend fortfährt. »Obwohl dein irre gemachtes Outfit natürlich der perfekte Dress für einen schicken Nahkampf wäre – das muss ich dir auch als Expertin auf diesem Gebiet eindeutig zugestehen!«

Ich schaue sie sprachlos an und höre nur noch zu, wie sich Jana Hartwald von meinem Mann an unserem zwanzigsten Hochzeitstag gerade in den siebten Himmel vögeln lässt.

»Komm mal mit!«

Rigoros greift mein Gegenüber nach meiner Hand. »Keine Sorge, mein Wundermann mit der zunächst großen Klappe und dem vermeintlich größten Schwanz der Welt hat bereits unten im Auto seine Muffen bekommen und mich im Parkdeck einfach stehen gelassen. Wir sind also ganz unter uns. Aber bezahlt hat er natürlich! Was heißt: Du bekommst meine Zeit nun also vollkommen gratis. Ist das nicht ein guter Deal?«

Das sehr laute wie sehr lang gezogene »Jaaaaa« der Hartwald nimmt mir die Antwort ab und ob dieser ungewollten Komik müssen wir beide in diesem Augenblick tatsächlich leise loskichern.

»Na endlich, sie lacht ja wieder.« Aufmunternd knufft mir meine Begleiterin schon recht vertraut in die Seite und zieht mich an der Hand mit weit ausholenden Schritten durch den langen Flur. »Und sei froh, dass wir nicht das Nachbarzimmer haben!«

Kurz darauf werde ich in einen dunklen Raum geschoben, der aber sofort in angenehm gedämpftem Licht erstrahlt, als sie mit ihrer Zimmerkarte die Stromzufuhr freischaltet.

»Herzlich willkommen in Garden Tower Inn, Frau Müller«, leuchtet in großen Lettern auf dem Bildschirm eines überdimensionalen TV-Geräts, untermalt von gedämpfter Klaviermusik, die angenehm leise aus den Boxen klimpert.

»Ich finde, dass wir uns erst mal einen Drink verdient haben«, raunt die dunkle Stimme dicht hinter mir.

Ich nicke mechanisch und schaue ihr interessiert hinterher, wie sie mit müheloser Eleganz auf ihren Plateaus über den flauschigen Teppich, der auch hier jedes weitere Geräusch schluckt, zur Minibar neben dem Fernseher schreitet, um davor in die Hocke zu gehen.

»Wodka oder Whisky?«, fragt sie und wackelt mit zwei kleinen Fläschchen in meine Richtung.

»Wodka pur, Frau Müller«, murmle ich, während sie die Drinks in zwei Gläser füllt und wieder mit neckischem Hüftschwung auf mich zugeht.

»Vergiss mal Frau Müller, Meier oder Schulze«, grinst sie mich schelmisch an, »für dich bin ich Verena und ich glaube, du brauchst jetzt jemanden, der genau weiß, wie er dich wieder aufbauen kann.«

Sie drückt mir das Glas mit dem Wodka in die Hand und stellt ihres zunächst auf dem Nachttisch ab, um dann, mir wieder den Rücken zuwendend, den Mantel nun langsam von ihren Schultern gleiten zu lassen. Dann lässt sie ihn am ausgestreckten Arm auf den Sessel direkt daneben fallen.

»Bist du eine…«, frage ich stockend und schaue mit pochendem Herzen auf die dünnen Lederriemen, die sich unter ihrem prallen Po abheben, bevor sie sich zu mir umdreht und meine Frage in amüsiertem Tonfall fortsetzt: »Hure? Professionelle? Callgirl? Escortlady?«

Mit hochgezogenen Augenbrauen fixiert sie mich: »Vielleicht auch nur eine gewöhnliche Nutte, ganz wie du willst. Für meinen fantastischen Steuerberater bin ich eine Sexarbeiterin. Mit dem Ausdruck kann auch ich am besten leben, wobei es aber nicht das wahre Faible für meine Arbeit«, sie untermalt das Wort, indem sie dazu auch mit ihren Händen zwei Gänsefüßchen theatralisch in die Luft malt, »ausdrückt. Weil ich doch ganz schön viel Spaß an meiner Arbeit habe, an dem, was ich tue und wie ich es auslebe. Und auch, weil ich als meine eigene Herrin über mich selbst bestimmen kann!«

Ein feines Lächeln umspielt ihr Gesicht, während mich der Anblick ihrer fein gepiercten Brüste gefangen hält, welche lediglich von einem mit breiten Edelstahlringen besetzten Lederharnisch eingerahmt werden. Ein dorniges Rosentattoo scheint direkt aus ihrer komplett rasierten Scham zu wachsen, um sich dann unter ihrem wunderschönen, perfekt geformten und wahrscheinlich entsprechend teuren Busen wie ein stützendes Korsett weit zu verzweigen.

Sie geht drei Schritte auf mich zu, bis sich fast unsere Nasenspitzen berühren.

Uns trennen vielleicht sieben, acht, keine zehn Jahre. Sie könnte glatt meine kleine Schwester sein, die ich leider nie hatte.

»Aber eigentlich bin ich für jeden, der mich braucht, eine verdammt gute Psychotherapeutin. Ich muss nur zuhören und weiß ganz genau, welche Gefühle gerade zu bedienen sind.«

Wie schon bei Eva, denke ich und möchte in diesem Moment nur noch in ihren, mich liebevoll anblickenden Augen versinken.

»Komm!«, sagt sie und hebt dabei auffordernd das Kinn, »jetzt hilf mir erst einmal, aus dieser anstrengenden Klamotte rauszukommen. Der Kerl, der das bestellt hat und den das eigentlich auch geil machen sollte, ist ja Gott sei Dank nicht mehr da. Und allein das Anziehen ist ja schon ein Krampf.«

Immer noch angespannt von den Ereignissen der letzten Minuten nestele ich umständlich an den Riemen herum, als Verena nach meinem Handgelenk greift.

Erstaunt schaue ich sie an, wie sie mir mit dem Zeigefinger leicht über meine linke Augenfalte streicht. Hat sich da etwa doch noch eine Träne gelöst? »Langsam,

langsam, meine Liebe, jetzt entspann dich doch. Wir haben alle Zeit der Welt, glaube es mir. Mein Abend hat sich längst bezahlt gemacht. Kein Kerl im Bett, dafür aber seine Kohle in der Tasche und ein böse gefallenes Mädchen, das ich jetzt trösten kann. Und gleich erzählst du mir erst einmal, was dich überhaupt bis hierhergeführt hat! Was ich bislang gehört habe, klang jedenfalls schon mal sehr vielversprechend, und auf die Pointe bin ich jetzt wirklich gespannt!«

Mit sanftem Druck bugsiert sie mich grinsend in Richtung Bett.

»Du legst jetzt die Füße hoch und die Verena macht sich dabei schön bettfein!« Routiniert steigt sie aus dem Nichts von Lederbody und hat nebenbei sogar schon die Riemen ihrer Schuhe gelöst.

»Gib mir einfach noch eine Minute«, sagt sie und rollt sich, in Richtung Bad hüpfend, die halterlosen Nylons von ihren makellos rasierten Beinen, deren schlanke Fesseln und Waden von ebenfalls rankenden Rosen-Tattoos umschlungen werden.

Schon steht sie vollkommen nackt im gleißend hellen Licht des Badezimmers und clippt zunächst die Ohrringe ab, die mit leisem Klirren in der gläsernen Ablage neben dem Zahnputzbecher landen. Als nächstes klimpern die fein verschnörkelten Verschlüsse ihres Brustpiercings hinterher.

Nahezu synchron zieht sie im Anschluss die zwei wie Schwerter geformten, silberglänzenden Stifte aus ihren leicht erhabenen Brustnippeln. »Puh, endlich!«, höre ich sie entspannt schnaufen, während sie ein wenig Wunddesinfektionsspray zuerst auf ihrer Haut und dann auch auf den Schmuckstücken in der Schale verteilt.

Routiniert zupft sie ein paar Kosmetiktücher aus dem Spender, um sich mit schnellen Handbewegungen ihr Gesicht abzuschminken. Dann erst löst sie den Zopf ihrer langen, streng nach hinten gekämmten, wasserstoffblonden Haare und fährt sich mit beiden Händen wuschelnd durch die Frisur.

»So sehe ich doch schon viel besser für dich aus, oder?«, grinst sie mich, immer noch splitterfasernackt und einen galanten Knicks andeutend, vom Waschbecken an, bevor sie mit einem aufreizenden Hüftschwung aus meinem Sichtfeld verschwindet.

»Wie heißt du eigentlich?«, höre ich sie nun laut durch die weiterhin offene Badezimmertür rufen, was aber nicht einmal ansatzweise das Plätschern ihres Pipis übertönen kann.

Schon rauscht die Klospülung hinterher.

»Laura«, rufe ich verlegen zurück, aber auch konsterniert darüber, ob mich dieser Grad der Intimität mehr erregen als verstören soll.

»Sorry, meine Liebe, ich konnte es nicht mehr aufhalten«, lacht sie mich, inzwischen in einen flauschigen, schneeweißen Hotelbademantel gehüllt, wieder vom Waschbecken aus an. »Meine Blase wäre sonst geplatzt!«

Gedankenversunken schaue ich zu, wie sie sich, ihre wilde Mähne nun mit einem breiten Haarband gebändigt, das Gesicht penibel einseift und es anschließend prustend und mit viel Wasser gründlich abwäscht. Ausgiebig frottiert sie sich mit einem großen Duschhandtuch trocken und verharrt, ihren Kopf jeweils nach links und rechts drehend, für einen ausführlichen Kontrollblick nochmals vor dem Badezimmerspiegel.

Genauso wie ich es doch auch immer mache, denke ich belustigt – aber zugleich auch immer angeregter. Unser Hochzeitstag, das Gekreische der Hartwald, während sie wahrscheinlich rittlings auf meinem Mann hockt, sind in diesem Augenblick wie zuvor die Schminkreste von Verena gurgelnd im Ausguss des Waschbeckens verschwunden.

Mit einem wohligen Stöhnen wirft sich diese nun neben mich aufs Bett und rollt sich in verführerischer Pose auf den Bauch, ihr Kinn auf beide Hände stützend, die angewinkelten Beine neckisch wippend. Warme Augen lächeln mich erwartungsvoll an.

Aus der herrisch aufgedonnerten, unnahbar wirkenden Femme fatale im Aufzug ist eine ganz normale, von natürlicher Schönheit gezeichnete Frau geworden.

»Jetzt bin ich endlich bereit für dich!«, zwinkert sie mir aufmunternd zu und bricht dabei das kleine Stück Schokolade, das als Betthupferl auf dem Kissen drapiert war, in zwei Hälften, um mir eine davon sanft zwischen die Lippen zu schieben.

»Nun erzähl sie mir endlich, deine ganze Geschichte. Von Anfang an!«

Fahles Morgenlicht durchströmt das Zimmer, als ich aufwache. Mein Blick sucht nach Orientierung und fällt auf die weiß leuchtende Zimmerkarte, die direkt neben mir liegt.

Die Karte, die alles verändert hätte. Oder auch nichts.

Es ist vorbei.

Ich habe die Chance fallengelassen. Oder wollte ich sie gar nicht ergreifen?

Ich drehe den Kopf und sehe meine nackten, dunkelrot glänzenden Zehen unter der cremefarbenen Bettdecke herauslugen, während ich sie mit wohligem Gefühl durchstrecke und spreize.

Evas Rot, lächle ich versonnen in mich hinein.

Direkt dahinter leuchten Natalias Schuhe, die ich mir, erschöpft von den Ereignissen des gestrigen Tages wohl im Schlaf abgestreift haben muss.

Nun liegen sie hier, als hätte Eva sie wie für ein Foto kunstvoll drapiert. Wie sagte es Natalia an diesem Tag, an dem alles begann: »Vielleicht wurden sie nur einmal im Bett getragen!« Jetzt ist es tatsächlich so.

Ich forme meine Finger, auf denen das gleiche Rot leuchtet, wie zu einem Fotoausschnitt, um Natalias Schuhe mit meinen Füßen in verschiedenen Posen ins Visier zu nehmen und zähle im Geiste die vielen Likes, die jedes Bild erzeugen würde. Ich denke an die unzähligen Likes, die seit meinem ersten Fotoshooting tatsächlich zusammengekommen sind und dann daran, dass ich mit der ersten Aufnahme doch nur ein einziges Like haben wollte: das von dem Mann, der vielleicht auch gerade ein paar Zimmer von mir entfernt wach wird.

Ein Stich durchfährt mich.

Mein Mann. Die Kinder. Das Haus. Meine Küche. Mein Kleiderschrank, meine Bettseite.

Wo werde ich morgen aufwachen?

Wie viel Geld wird übermorgen noch auf meinem Konto sein?

Ich spüre, wie eine Hand von hinten durch meine Haare streift und schon schwenkt mein Bildausschnitt rüber zu dem noch so unbekannten, aber bereits so vertraut wirkenden Gesicht. Ewig lang schauen wir uns zunächst in die Augen, bis wir beide grinsen müssen.

Mit einem Schlag hat sich das beklemmende Gefühl der Unsicherheit über meine Zukunft in Nichts aufgelöst. Tief sauge ich den noch fremden Duft dieser gemeinsamen Nacht in mich hinein.

Dann schlüpfe ich aus dem im Schlaf inzwischen komplett zerknitterten Jumpsuit und streife mein Höschen ab. Auf den BH musste ich, wie bei Natalias Kollektion üblich, aufgrund des freien Rückens und der nackten Schulter doch ohnehin verzichten.

»Lust?«, frage ich und warte die Antwort, während ich mich tief unter die Decke grabe, erst gar nicht ab.

Die Türklingel läutet Sturm. Schlaftrunken dreht sich Verena vom Bauch auf die Seite und tastet mit halbgeschlossenen Augen sekundenlang nach ihrem Handy auf ihrem Nachttisch.

Zwanzig vor elf!

Genervt zieht sie wieder die Decke über ihren nackten Körper und rollt sich darunter mitten auf ihrem riesigen, kreisrunden Bett wie ein kleiner Embryo ein.

Es klingelt ununterbrochen weiter, dazu hämmern nun auch kräftige Faustschläge gegen die Eingangstür. Wütend stemmt sich Verena hoch und bleibt für einen Moment mit baumelnden Beinen auf der hohen Bettkante sitzen.

Das Trommeln geht ohne Unterlass weiter.

Mit einem kleinen Fluch auf den Lippen steht sie auf und greift im Vorbeigehen nach ihrem bodenlangen Morgenmantel aus cremefarbener Seide.

Ohne ihn wirklich verschlossen zu haben, dreht sie bereits den Schlüssel und reißt die Tür auf. »Was zum Teufel…?« Weiter kommt sie nicht. Böse funkelt Eva sie an und stößt sie rigoros zur Seite, um sich Einlass in ihr Apartment zu verschaffen. »Wo ist sie? Wo ist Laura? Was hast du mit ihr gemacht?« Mit großen Augen starrt

Verena, während sie mit dem Rücken die Wohnungstür langsam zudrückt, auf die wütende Fotografin, die sich, beide Hände in die Hüften gestemmt, in ihrem Flur vor ihr aufgebaut hat.

»Eva, ich…«, stammelt sie hilflos, bevor sie sich starr vor Schreck mit der Hand vor den offenen Mund schlägt.

»Schmerz«
Buch Zwei der Laura-Trilogie kommt!

Folgen Sie der Autorin Katharina Tannhäuser
und ihren Protagonistinnen
auch auf Instagram und TikTok